윤신현 신무협 장편소설

10

武當覇王

무당
패왕

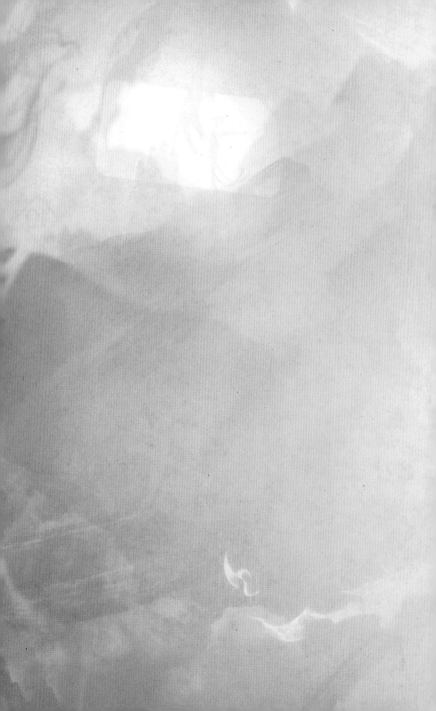

무당패왕 10

2024년 1월 12일 초판 1쇄 인쇄
2024년 1월 17일 초판 1쇄 발행

지은이 윤신현
발행인 김관영

기획 이기헌 왕소현 임동관 박경무 강민구 조익현
책임편집 이정규
마케팅지원 이원선

발행처 (주)로크미디어
출판등록 2003년 3월 24일
주소 서울시 마포구 마포대로 45 일진빌딩 6층
Tel (02)3273-5135 Fax (02)3273-5134
홈페이지 rokmedia.com **E-mail** rokmedia@empas.com

ⓒ 윤신현, 2023

값 9,000원

ISBN 979-11-408-1480-0 (10권)
ISBN 979-11-408-1050-5 04810 (세트)

차례

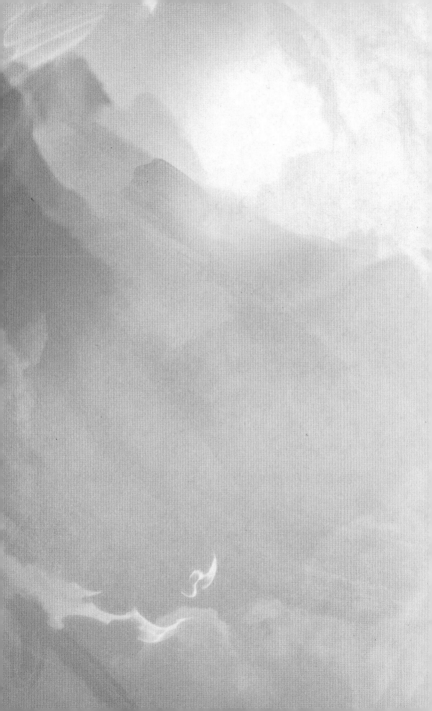

제77장 누구에게나 반짝이는 미래가 있다

연가장주가 빠르게 눈알을 굴렸다.

대답을 한 유하성을 바라보다가 잽싸게 주변을 훑었다.

특히 일대제자들이 서 있는 위치를 말이다.

꿀꺽!

그 순간 연가장주의 뇌리에 하나의 별호가 떠올랐다.

차기 장문인이라고 할 수 있는 원일이 이렇게 들러리처럼 서 있을 만한 존재는 무당파에서 한 명뿐이었다.

심지어 나이 차이도 얼마 나지 않는 유하성의 모습에 연가장주는 확신할 수 있었다.

"유 사숙님을 뵙습니다!"

"당신 같은 사질을 둔 적 없습니다만."

"이, 일단 고정하시고 대화를 나누어 보는 게 어떻겠습니까?"

상황을 파악한 연가장주가 조심스럽게 입을 열었으나 유하성은 그의 뜻대로 해 줄 생각이 없었다.

그래서 말없이 원일을 쳐다봤다.

"대화는 나와 하면 된다."

"대사형!"

원일의 눈썹이 꿈틀거렸다.

자신 앞에서 목소리를 높일 줄은 몰라서였다.

제아무리 연가장의 세가 크다고 하나 무당파에 비할 바는 아니었다.

또한 지금 연가장의 성세는 무당파로 인한 것이었기에 원일의 눈빛은 더욱더 싸늘해졌다.

"저 아이가 누굴 닮았나 했더니 너를 닮은 것이로구나."

"죄, 죄송합니다!"

뒤늦게 연가장주가 자신의 실수를 깨닫고 사과했으나 이미 물은 엎어진 뒤였다.

그리고 쏟아진 물은 절대 다시 담을 수 없었다.

"두 아이를 데리고 따라오도록."

휘익!

원일은 찬바람이 일 정도로 몸을 돌렸다.

더는 여기서 대화하고 싶지 않다는 듯이 말이다.

그런 원일의 모습에 연가장주는 깊은 한숨과 함께 몸을 반쯤 돌려 아들과 석추강을 일으켜 세웠다.

'한 명도 도와주지 않는군.'

두 아이를 일으켜 세우면서 연가장주는 방금 전까지 함께 떠들던 이들을 힐끔 바라봤다.

하지만 누구 하나 그와 시선을 마주하려 하지 않았다.

조금 전까지만 해도 그에게 잘 보이려 온갖 친한 척을 해대던 이들이 말이다.

"후우!"

그 모습에 연가장주는 깊은 한숨과 함께 어느새 제법 멀어진 원일을 향해 발걸음을 옮겼다.

망연자실한 표정의 두 아이를 데리고서 말이다.

"괜찮느냐?"

"예? 예! 멀쩡합니다!"

"멀쩡하긴."

한차례 폭풍이 지나가고 유하성은 장일기에게 다가갔다.

그러자 사인방의 눈이 화등잔만 하게 커졌다.

무당산에 오를 때만 하더라도 그렇게 만나고 싶다고 노래를 불렀는데 막상 유하성을 마주하자 다들 돌처럼 굳어졌다.

특히 장일기는 고통조차 싹 가신 듯 넋을 잃은 모습이었다.

"저저저, 정말 괜찮습니다."

"꼭 치료받아. 어려서 몸 상하면 평생 간다. 딱 보니 몸을 함부로 굴리는 것 같은데 지금은 회복력이 뛰어나서 괜찮을지 몰라도 나중에 나이 먹으면 고생한다."

"가, 감사합니다!"

"감사할 것까지는 없고."

바짝 긴장한 아이들의 모습에 유하성이 피식 웃었다.

딱 봐도 지금 자신이 무슨 말을 하는지 모르는 듯했다.

아마 방에 돌아가면 스스로가 무슨 말을 했는지 기억도 못할 터였다.

"여, 영광입니다!"

그러나 모두가 장일기 같은 건 아니었다.

어떻게 보면 이번 사태의 발단이라 할 수 있는 허당천이 가장 먼저 정신을 차리고서는 유하성의 앞으로 냉큼 다가왔다.

선망 가득한 눈빛으로 말이다.

속가제자들에게 있어서는 전설이나 다름없는 존재가 유하성이었기에 허당천은 반짝이는 눈빛으로 유하성에게 인사했다.

"정말 뵙고 싶었습니다!"

"으어어어!"

뒤이어 나머지 두 친구들도 퍼뜩 정신을 차리고 다가왔다.

그런데 그게 시작이었다.

연가장주 일행이 있었을 때는 냉기를 풀풀 날렸지만 지금은 그렇지 않았기에 아이들이 유하성을 향해 우르르 몰려왔다.

그리고 그건 어른들이라고 해서 다르지 않았다.

"어허! 다들 멈춰!"

"몰려들지 마! 그만 와!"

마치 먹이를 향하는 개미 떼처럼 달려드는 아이들의 돌진에 일대제자들이 황급히 유하성의 앞을 막았다.

적의를 가진 게 아닌 만큼 무슨 일이 벌어지지는 않겠지만 그래도 가만히 지켜보고만 있을 수는 없었다.

그래서 다들 재빨리 저지선을 구축하며 소리쳤다.

달려드는 아이들이 정신을 차릴 수 있도록 말이다.

"괜찮아. 인사 나누는 것 정도야."

"……제정신이 아닌 것 같은데요."

아이들의 눈빛 때문일까.

유하성은 의외로 놀라지 않았다.

다 같은 무당파의 제자들이기도 했고 말이다.

게다가 나중에 가르쳐야 하는 아이들이었기에 이참에 인사를 나누는 것도 나쁘지 않았다.

'아예 안 나섰다면 모를까 나섰으면 확실하게 나서야지.'

더욱이 그에게 호감을 가진 이들이었기에 유하성은 매정하게 대할 수가 없었다.

유하성 역시 속가제자이기에 같은 속가제자들의 마음을 잘 알았고.

'여기서 또 다른 내가 나오지 말란 법은 없으니까.'

유하성이 속으로 씨익 웃었다.

아무도 거들떠보지 않았던 그가 지금은 무당의 패왕이라 불리고 있었다.

그렇기에 이들 중에 제이의 유하성이 나오지 말란 법은 없었다.

대연무장에 있던 속가제자들과 모두 인사를 마친 유하성은 처소로 돌아왔다.

그러자 기다리고 있었다는 듯이 원일이 그를 찾아왔다.

또르륵.

담담한 원일의 얼굴을 보며 유하성은 차를 따라 주었다.

"감사합니다."

"연가장 일은?"

"잘 해결했습니다."

"고생했다."

"아닙니다. 당연히 제가 해야 할 일인걸요. 오히려 사숙께 심려를 끼쳐 드려 죄송할 따름입니다."

원일이 깊게 고개를 숙였다.

그의 잘못은 아니었으나 그렇다고 책임이 아예 없는 건 아니었다.

다른 일대제자들이었다면 달랐겠지만 원일은 대제자였다.

"심려는 무슨. 살다 보면 이런 일도, 저런 일도 있는 거지. 무당파라고 해서 오늘과 같은 경우가 없으리라는 법은 없어. 물이 고이면 결국 썩는 법이지. 하물며 자연도 그러는데 사람 사는 곳이라고 다를까."

"그래도 죄송합니다. 제가 좀 더 신경 썼어야 했는데."

"너 바쁜 걸 내가 모를까? 괜찮아. 좋은 집안에서 태어난 아이들이 괜히 오만해지는 게 아니니까."

유하성은 정말로 개의치 않았다.

오히려 생각했던 것보다 연상경과 같은 이들이 적다는 데 사실 놀랐다.

청정도문이라고 하나 그건 진산제자들의 경우고 속가제자들은 엄연히 속세에서 살아가는 이들이었다.

그렇다 보니 좋은 배경과 좋은 집안, 거기다 무재까지 뛰어나다면 연상경 같은 이들이 만들어지는 것도 이상하지는 않았다.

"일단은 하산 조치를 취했습니다. 약소하지만 징계도 내릴 예정입니다."

"깔끔하네. 연가장의 입장을 생각하지 않을 수 없을 텐데.”

“제 선에서 해결된 걸 다행으로 여겨야 할 겁니다. 사부님이나 사조님께 이 소식이 들어갔다면 이 정도에서 끝나지 않았을 겁니다. 연가장주 역시 알고 있고요.”

“하긴.”

“물론 선을 더 넘었다면 사숙께서 나서셨을 테지만요.”

원일이 눈치를 살피며 슬쩍 말했다.

농담처럼 말했지만 원일은 알았다.

진짜 화가 난 유하성이 얼마나 무서운지 말이다.

호불호가 명확하다는 건 달리 말하면 좋아하는 것과 싫어하는 것이 극명하다는 걸 뜻했다.

“그 정도까지는 아니었어. 피를 흘리거나 불구가 된 건 아니었으니까. 다만 너무 영악해서 그렇지. 아이답지 않게.”

“어린 만큼 아직 개과천선의 여지는 있다고 생각합니다. 부모를 닮는 게 자식이지만 변화할 여지는 충분히 있으니까요. 물론 스스로의 죄를 확실하게 깨치게 할 생각입니다.”

“개과천선이라.”

“제가 확실하게 처리하겠습니다.”

“그래.”

유하성은 더 묻지 않았다.

이 정도 일에 그가 깊게 관여하는 것도 원일을 무시하는 처사였다.

능력 있는 사질인 만큼 유하성은 원일을 믿었다.

"오늘은 인사를 나눈 뒤에 숙소를 배정하고 본격적인 수련은 내일부터 시작할 생각입니다."

"한동안 바쁘겠네."

"저희가 받은 만큼 또 후대에 물려줘야 하지 않겠습니까. 하하."

"나보고도 자주 나와 달라는 말로 들리는데?"

"사숙께서 얼굴을 비쳐 주신다면 아이들에게 정말 큰 힘이 될 겁니다."

아이들에게 있어 유하성은 전설이자 신화였다.

또한 닮고 싶은 본보기나 마찬가지였기에 유하성이 있고 없고의 차이가 클 터였다.

"일단 한 번 정도는 생각하고 있다. 나도 무당파의 제자이니 당연히 거들어야지."

"아이들이 정말 기뻐할 겁니다."

"원상과 원호, 원경도 합류하는 것 같은데?"

"초반에는 이대제자들과 따로 수련하겠지만 어느 정도 궤도에 오르면 다 함께 모을 예정입니다. 각자의 무공수련도 중요하지만 이렇게 모인 이유는 합격진을 수련하기 위해서니까요. 그리고 새로운 태극진을 가장 잘 아는 일대제자가 세 사람이기도 하고요."

유하성이 고개를 주억거렸다.

그가 직접 전수했기에 가장 잘 안다는 말이 틀리지 않았다.

"그래서 앞으로는 연구동에 자주 못 올 것 같습니다."

"일의 경중이 있는 거니까. 더구나 앞으로 본 문의 기둥이 될 아이들인데."

괜히 유하성이 단호하게 나선 게 아니었다.

썩은 부위는 빠르게 다른 곳으로 번져 갔기에 유하성은 연상경의 일을 눈감아 주기보다는 확실하게 쳐 냈다.

데리고 있어 봤자 분란만 일으킬 게 뻔해서였다.

'개과천선이 쉽게 될 것 같지는 않지만.'

유하성은 깊게 가라앉은 눈동자로 차를 홀짝였다.

사람이라는 게 쉽게 변하지 않는다는 걸 잘 알아서였다.

하지만 그는 속가제자였다.

장로급 대우를 받는다고 하나 진짜 장로는 아니었기에 무당파의 운영에 대해서는 권한이 전혀 없었다.

'이런 분야의 전문가도 있을 테고, 비청당도 있으니까.'

유하성은 더 이상 연가장에 대해 생각하지 않았다.

각자 할 수 있는 영역이 있는 법이었다.

그가 무공을 복원하고 개량하는 데 특출한 능력이 있는 것처럼 사람을 다루는 일에 뛰어난 역량이 있는 이가 무당파에 있을 터였다.

게다가 독초도 어떻게 쓰느냐에 따라 약이 되는 것처럼 연

무당
패왕
武當霸王

가장도 마찬가지일 거라고 생각했다.

"그래도 최대한 자주 찾아뵙겠습니다."

"나보다는 장문사형을 찾아가야지. 네 스승은 장문사형인데."

"하하. 무공에 관해서는 사숙을 찾아가라고 하시던데요? 그 외의 볼일이 있을 때만 찾아오라고 하셨습니다."

"허참."

유하성이 실소를 흘렸다.

이렇게 대놓고 말할 줄은 몰라서였다.

"연구동에는 사조님도 자주 찾아오시지 않습니까. 사부님의 업무를 방해하는 것 같아 사실 눈치가 보이기도 하고요."

"바쁘시긴 하지."

"근데 제가 보기에는 사부님보다 사숙이 더 바빠 보일 때도 있습니다."

"그건 아닐 거야. 신경 쓰는 범위 자체가 다른데."

유하성은 말도 안 된다는 듯이 고개를 저었다.

연구동과 아이들, 이소향만 챙기는 그와 달리 무율은 무당파 전체를 아우르고 있었다.

그런 무율과 비교는 말도 안 되었다.

"저에게는 그렇게 보여서요."

"됐고, 적당한 때가 되면 얘기해. 무당파의 제자로서 아이들에게 도움을 줄 생각은 있으니까."

"알겠습니다. 일정을 조율해 보겠습니다. 아마 속가제자들은 물론이고 이대제자들도 정말 좋아할 겁니다."

"그랬으면 좋겠네."

유하성이 어깨를 으쓱거렸다.

기분이 좋은 건 맞지만 그만큼 부담이 되는 것 또한 사실이었다.

자신의 조언이 얼마나 도움이 될지도 몰랐고.

하지만 피할 생각은 없었다.

'무당파의 제자니까.'

명운과 그를 잊은 건 무당파의 제자들이지 무당파가 아니었다.

그리고 이제는 그 일을 거의 다 잊기도 했고.

더욱이 명운이 사랑한 무당파의 제자들인 만큼 유하성은 눈곱만큼도 귀찮다고 생각하지 않았다.

더위가 서서히 맹위를 떨치는 한낮에 유하성은 천천히 경내를 가로질렀다.

그러자 멀리서 들려왔던 기합 소리가 점차 선명하게 들렸다.

점점 가까워지는 것이었다.

"흐음."

뒷짐을 지고서 한가롭게 이동하던 유하성이 멈춰 섰다.

대연무장이 한눈에 내려다보이는 곳이었는데 평소에는 거의 비어 있던 것과 달리 지금은 아이들로 빼곡하게 채워져 있었다.

속가제자들뿐만 아니라 이대제자들까지 다 모여서 수련을 하는 것이었다.

"태극권이네."

유하성의 입가에 옅은 미소가 맺혔다.

수백 명의 아이들이 동시에 태극권을 펼치는 광경을 보자 묘하게 뿌듯한 감정이 들어서였다.

물론 꽤 오랜 시간 익힌 이대제자들과 달리 속가제자들의 자세는 상당히 미흡했다.

태극권의 투로를 익히긴 했어도 숙련도가 부족하다고나 할까.

하지만 유하성의 눈에는 보였다.

모두 다 태극권에 집중하고 있음이 말이다.

"신기하네."

무림을 활보하는 무인들 중에 태극권을 모르는 이가 없을 정도로 강호에 널리 알려진 무공이 태극권이었다.

심지어 체조처럼 아침마다 태극권을 연마하는 이들도 한둘이 아니었다.

그 정도로 무인들뿐만 아니라 일반 양민들도 알고 있는 게 태극권이었기에 대부분의 속가제자들이 경시한다고 들었었다.

이미 알고 있는 태극권보다는 다른 상승무공이나 본래 익히고 있는 무공을 수련한다고 들었는데 지금 보이는 광경은 그와 상당히 달랐다.

"집중도가 상당하네."

유하성의 눈동자에 이채가 서렸다.

누구 하나 건성으로 태극권을 펼치는 이가 없어서였다.

물론 중간중간에 주저앉은 아이들도 있었다.

하지만 그건 잔꾀를 부리는 게 아니라 진이 빠져서 잠깐 쉬는 것이었다.

"오셨습니까."

"오늘은 네 차례인가 보구나."

"그렇습니다."

옆에서 느껴지는 기척과 목소리에도 유하성은 고개를 돌리지 않았다.

다가온 이가 누구인지 진즉부터 알고 있어서였다.

"아이들은 어때?"

"엄청 열심히 합니다. 사숙께서 보시는 것처럼 태극권에 엄청나게 집중하고 있습니다. 제가 이대제자였을 때만 하더라도 다들 지겹다는 듯이 대충 수련했었는데 이번 아이들은 다릅니다."

"의외이긴 해."

"아마 사숙 때문일 겁니다. 사숙께서 명운 사숙조께 배운 게 태극권 하나뿐이라는 걸 모르는 아이들은 없거든요."

당사자를 앞에 두고서 원경이 자부심 어린 표정으로 말했다.

지금의 변화가 전부 다 유하성 때문이라고 생각해서였다.

그리고 개인적으로 원경이 가장 존경하는 이는 장문인인 무율도, 전대 장문인이었던 명천도 아니었다.

바로 눈앞에 있는 유하성이었다.

'나를 구원해 주시기도 했고.'

거의 버려지다시피 하고 있던 그를 세상으로 끄집어내 준 게 바로 유하성이었다.

만약 그때 유하성이 그를 찾아오지 않았다면, 그에게 손을 내밀어 주지 않았다면 지금의 그는 없었다.

그렇기에 원경에게 있어 유하성은 두 번째 스승이나 마찬가지였다.

또한 닮고 싶은 존재이기도 했다.

"낯간지러운 말은 그쯤 하고."

"하지만 사실인걸요. 저 아이들 중 누굴 붙잡고 물어봐도 대답은 같을 겁니다."

"어쨌든 좋은 일이긴 하네. 아이들이 태극권에 관심을 가지고 열심히 익혀 주니.”

“기본 중의 기본이기도 하고 무당파 무공의 근간이라는 걸 다들 깨닫게 된 거죠. 태극권 하나만으로 패왕이 탄생한 것이니까요.”

“오늘따라 왜 이렇게 내 얼굴에 금칠을 하는지 모르겠네.”

유하성이 헛웃음을 흘렸다.

평소와는 너무 많이 달라서였다.

조용하고 말수가 없던 원경은 사라지고 이상한 애가 나타난 것 같았기에 유하성은 고개를 돌려 그를 유심히 쳐다봤다.

“저 맞습니다. 그리고 저 말고 누가 사숙께 이렇게 편하게 말을 하겠습니까?”

“그건 또 무슨 말이야?”

“배분도 배분이지만 소문 때문에 사숙을 어려워하는 이들이 제법 있습니다.”

“무슨 소문?”

“사숙의 별호가 패왕이지 않습니까.”

원경이 장난기 가득한 표정으로 말했다.

그러나 유하성은 그 말에 눈썹을 꿈틀거렸다.

“한마디로 과격하다?”

“저희야 사숙의 평소 성격을 알지만 다른 사람들은 아니니까요. 사숙에 대해 잘 모르는 사람들은 소문을 믿을 수밖에

武當霸王
무당
패왕

없지 않겠습니까."

"그럴 수도 있겠네."

일그러졌던 눈썹이 제자리로 돌아갔다.

강호 전체에 이름이 알려질 정도로 유명해졌다고 하나 실제로 유하성을 만나거나 직접 본 이들의 숫자는 그리 많지 않았다.

전쟁에 참여하기는 했으나 제 목숨 건사하기도 힘든 상황에 유하성을 찾아보는 이가 있을 리 만무했다.

그렇다 보니 아무래도 소문으로밖에 유하성을 알 수 없을 터였다.

"물론 저희도 가만히 있지만은 않고 있습니다. 말도 안 되는 소문들은 정리 중입니다."

"그런데 춘상이는 아무런 말도 없었단 말이지?"

"저희보다 개방이 먼저 나선 것으로 알고 있습니다."

"그래?"

유하성이 살짝 의외라는 표정을 지었다.

거들먹거리며 말해도 모자랄 판에 조용히 처리하고 있다고 하자 믿기지가 않았던 것이다.

"의외인 부분에서 자존심이 강하지 않습니까. 후개께서는."

"별종이긴 하지."

"하하하."

원경이 어색하게 웃었다.

하고 싶은 말이 있지만 하지 못하는 표정이었다.

"그것밖에 못 하느냐!"

그런데 그때 대연무장에서 노성이 터졌다.

이대제자들과 속가제자들의 자세를 봐주고 교정해 주던 일대제자들 중 한 명이 어린아이에게 크게 호통을 치는 소리였다.

내공을 싣지 않았음에도 워낙에 목청이 좋아서 그런지 제법 거리가 떨어져 있음에도 유하성의 귀에 선명하게 들렸다.

"내가 몇 번을 말했느냐! 그 부분에서는 힘을 제대로 실어야 한다고! 근데 왜 똑같은 부분에서 똑같은 실수를 반복하는 것이냐!"

"죄, 죄송합니다."

"다시 해!"

"네!"

사자후와도 같은 호통에 열 살 남짓한 소녀가 어깨를 바짝 움츠린 모습으로 대답했다.

그러나 너무 긴장해서일까.

잔뜩 굳은 얼굴과 달리 태극권을 펼치는 소녀의 양팔과 두 다리는 덜덜 떨렸다.

"어허! 그게 아니라니까!"

"히끅!"

투로를 제대로 밟지 못하니 보법이 엉키고, 그로 인해 두 팔로 펼치는 초식 역시 흐트러지자 다시 한번 호통이 터져 나왔다.

그러자 소녀가 금방이라도 울 것 같은 표정을 지었다.

하지만 당장이라도 눈물을 뚝뚝 흘릴 것 같은 소녀의 모습에도 서른 살쯤의 강퍅한 인상의 일대제자는 눈 하나 꿈쩍이지 않았다.

오히려 더욱 싸늘한 눈빛으로 소녀를 쏘아봤다.

"이 쉬운 걸 왜 하지 못하느냐! 내가 현허칠성검법이나 양의검법, 신문십삼검, 칠십이초요지유검을 펼치라고 한 것도 아닌데!"

점점 더 커지는 노성에 지켜보던 원경의 눈살이 찌푸려졌다.

잔뜩 주눅 들어 있는 아이를 옥박지른다고 당장 잘할 리가 없어서였다.

더욱이 보아하니 소녀는 무공에 입문한 지 얼마 안 된 아이였다.

어설프고 부족한 게 당연했다.

'또 저러는군.'

원경이 속으로 한숨을 내쉬었다.

안 그래도 우려했었는데 역시나 그냥 넘어가지 않아서였다.

그러나 항렬이 낮은 그가 할 수 있는 건 없었다.

괜히 다른 일대제자들이 저 모습을 가만히 지켜보는 게 아니었다.

투욱.

그때 원경의 옆에서 인기척이 났다.

옆에 있던 유하성이 가볍게 땅을 박찬 것이었다.

동시에 원경의 눈이 번뜩였다.

대연무장에서는 원흠의 항렬이 가장 높아 지금처럼 자기 마음대로 했지만 유하성이 나타난다면 이야기는 달라졌다.

'저런 걸 가만히 좌시하실 성격이 아니시지.'

원경이 보아 온 유하성은 의외로 정도 많고 자애심도 있는 성격이었다.

하지만 부조리나 불의는 절대 참지 않았다.

특히 무당파와 연관된 건 더더욱 말이다.

타앗!

그렇기에 원경은 한결 편해진 마음으로 땅을 박찼다.

유하성을 따라서 말이다.

"뭘 잘했다고 울어! 너는 울 자격도 없어! 다시 해!"

"네, 네!"

눈시울이 붉어진 소녀가 이어지는 호통에 입술을 깨물었다.

어떻게든 울음을 참으려고 하는 것이었다.

하지만 그럴수록 눈가에는 눈물이 더더욱 차올랐다.

더불어 주변에 있던 아이들도 바짝 긴장했다.

"너희들도 똑바로 해! 내가 지켜보고 있을 거니까!"

"예, 예!"

살벌한 호통에 주변의 아이들이 기겁하며 대답했다.

소녀에게 향하는 폭언이 언제라도 자신에게 향할 수 있다는 걸 알기에 아이들은 잔뜩 겁먹은 얼굴로 태극권을 수련했다.

제발 자신이 걸리지 않길 바라면서 말이다.

"역시 태광이는 다르구나! 초식의 연결이 아주 부드러워! 훌륭해!"

한데 놀랍게도 원흠은 칭찬도 했다.

방금 전까지 불같이 화를 냈던 것과는 다르게 지금은 더없이 인자한 얼굴로 잘생긴 소년을 칭찬했다.

마치 주위의 아이들보고 들으라는 듯이 말이다.

"하하. 감사합니다."

"감사는 무슨. 잘하니까 칭찬하는 건데. 나도 칭찬할 때는 하는 사람이다. 칭찬에 인색한 사람이 아니다."

조금 전에 호통을 치던 사람과 동일 인물일까 싶을 정도로 확연히 다른 모습에 칭찬을 받은 한태광이 어색하게 웃었다.

원흠의 말대로 자신이 잘해서 칭찬을 받은 게 아니라는 걸 알아서였다.

분명 그의 성취가 주변에 있는 다른 아이들보다 높은 건 사실이었으나 그렇다고 엄청나게 차이가 있는 건 아니었다.

그런데도 원흠이 이렇게 호의를 드러내는 건 이유가 있었다.

'아버지 때문이겠지.'

정확하게는 그의 가문 때문일 가능성이 컸다.

그리고 만약 연상경이 쫓겨나지 않았다면 지금의 칭찬은 그가 아닌 연상경에게 향했을 터였다.

때문에 한태광은 속 편히 웃을 수가 없었다.

"뭘 했다고 앉아 있느냐! 어서 일어나지 못할까!"

"예, 옙!"

인자했던 표정이 삽시간에 악귀처럼 변했다.

한태광에게 보여 주던 미소가 한순간에 사라지며 다시 호통이 터져 나왔다.

그야말로 오금이 저리는 노성에 잠시 앉아서 쉬던 아이가 자리에서 벌떡 일어났다.

"어?"

"우와!"

뒤를 돌아보지 않아도 자신을 보고 있다는 게 등에서 느껴

武當霸王
무당
패왕

졌기에 대성일갈을 들은 아이가 울상을 지으며 태극권의 투로를 밟았다.

그런데 주변이 시끄러워졌다.

예민한 성격의 원흠 때문에 누구도 감히 입을 열지 않았었는데 갑자기 웅성거리자 아이도 궁금한 얼굴로 고개를 돌렸다.

"헙!"

그리고 놀랐다.

정말 상상조차 못 한 인물이 다가오는 게 보여서였다.

아니, 언젠가는 다시 한번 만날 거라고 생각했었다.

하지만 그게 오늘일 줄은 몰랐기에 아이는 자기도 모르게 입을 쩍 벌렸다.

저벅저벅.

뒷짐을 지고서 걸어오는 유하성의 모습에 아이들이 좌우로 갈라졌다.

유하성이 따로 지시를 내린 것도 아니건만 아이들이 알아서 길을 열어 주었던 것이다.

그리고 그건 일대제자들이라고 해서 다르지 않았다.

심지어 방금 전까지 왕과 같은 권위를 내보이던 원흠조차 바짝 얼었다.

"이름이 뭐지?"

"워, 원흠입니다!"

"작게 말해도 다 들린다. 아니면, 귀가 안 좋은 건가?"

"죄, 죄송합니다!"

기합이 단단히 들어간 모습으로 원흠이 대답했다.

평범하기 짝이 없는 외견과 분위기를 지니고 있었지만 원흠을 비롯한 무당파의 일대제자들은 잘 알았다.

유하성이 보이는 것과 달리 한 성깔 한다는 사실을 말이다.

불합리한 게 있다면 같은 항렬인 장로들조차 들이박는 게 유하성이었다.

"말귀를 못 알아듣는 거 같은데. 방금 전에 내가 한 말, 이해 못 했나?"

"죄송합니다. 조용히 대답하겠습니다……!"

무심한 유하성의 눈빛에 원흠은 왠지 모르게 위축되었다.

딱히 유하성이 기도를 일으킨 것도 아닌데 말이다.

그저 지그시 바라보기만 하는데 원흠은 입이 바짝 말랐다.

"이제야 좀 말귀를 알아듣는군."

"여, 여긴 어쩐 일이신지요?"

"너 때문에."

"예? 저 때문에요?"

마른침을 삼키며 원흠이 두 눈을 껌뻑거렸다.

순간적으로 말문이 막힌 것이었다.

그와 동시에 원흠은 빠르게 머리를 굴렸다.

하지만 딱히 떠오르는 게 없었다.

"애들을 쥐 잡듯이 잡던데."

"그, 그건⋯⋯."

"네가 태극권에 대해서 정말 잘 안다고 생각하나?"

"⋯⋯!"

원흠은 목이 턱 막히는 기분이 들었다.

감히 유하성 앞에서 태극권에 대해 잘 안다고 말할 수가 없어서였다.

태극권에 한해서는 장문인보다도 더 성취가 높다고 알려진 게 유하성이었다.

그가 일대제자라고 하나 감히 유하성과는 비교할 수 없었다.

"아니, 다르게 묻지. 네가 아는 게 정말 맞다고 생각하나?"

"제가 아는 게 아니라 가장 기본적인 투로를 가르치고 있었습니다."

"근데 그렇게 호통을 치면서까지 해야 하나?"

"으음!"

원흠이 침음을 흘렸다.

어째서 유하성이 이곳에 나타났는지 이유를 알 수 있어서였다.

하지만 그는 감히 기분 나쁜 티를 낼 수가 없었다.

같은 일대제자도 아니고 무려 장로와 같은 대우를 받는 게 유하성이었기에 그로서는 말을 아끼며 주변을 살폈다.

스윽. 슥.

그러나 사형제들 중 누구도 그와 눈을 마주치려 하지 않았다.

그가 시선을 옮기기 무섭게 사제들은 눈을 피했다.

"대답하는 게 어렵나? 아니면 시간을 더 줘야 하나?"

"죄, 죄송합니다! 저는 단지 아이들이 산만하여 집중력을 끌어올리고자 목소리를 조금 높였습니다. 중식을 먹은 지 얼마 안 되었기에 졸릴 때이기도 해서."

"긴장감을 조성하는 정도의 수준이 아니던데."

"어……."

"너를 이곳에 보낸 건 아이들을 지도하라고 보낸 거지 애들을 쥐 잡듯이 잡으라고 보낸 게 아니다. 또한 일대제자라고 해서 속가제자들을 막 대할 자격도 없고. 만약 네가 하는 행동이 맞다면 나 역시 너를 막 대해도 할 말이 없겠지?"

부르르르!

원흠이 몸을 떨었다.

지금의 말이 절대 빈말로 들리지 않아서였다.

한다면 하는 성격인 유하성이었기에 원흠은 황급히 입을 열었다.

"죄, 죄송합니다! 제가 조금 엄하게 가르친 것 같습니다!

하지만 다른 마음이 있어서 그런 건 절대 아닙니다! 그저 아이들이 빨리 성취하길 바라는 마음에 저도 모르게 큰소리가 나온 듯합니다!"

"오직 아이들을 위해서 그런 거다?"

"예!"

원흠이 고개를 크게 끄덕였다.

절대 아이들을 무시하거나 괄시한 게 아니라는 듯이 말이다.

그러나 안타깝게도 그 말에 동조하는 이는 아무도 없었다.

심지어 같은 항렬의 일대제자들조차 아무런 말을 하지 않았다.

"아이들은 생각이 다른 것 같은데."

"예?"

원흠이 두 눈을 끔뻑거렸다.

그게 무슨 소리냐는 듯이 표정으로 물은 것이었다.

유하성은 그런 그를 향해 눈짓했다.

주변에 있는 아이들에게로 말이다.

"아이들 표정을 봐. 단 한 명도 네 마음을 모르는 것 같은데. 설사 네가 그런 마음을 가지고 있다고 하더라도 아이들에게 전해지지 않는다면 그건 문제가 있는 것 같은데."

원흠의 얼굴에 식은땀이 맺히기 시작했다.

그리고 깨달았다.

말 몇 마디로 풀어 나갈 수 있는 상황이 아니란 걸 말이다.

게다가 유하성의 표정을 보아하니 지금 막 도착한 게 아니라 꽤 지켜본 듯했다.

덥석!

거기까지 생각이 닿은 순간 원흠이 내린 결정은 하나였다.

더 이상의 핑계는 스스로 목줄을 조르는 것이나 마찬가지였기에 원흠은 유하성의 앞에 납작 엎드렸다.

때론 빠른 인정이 상황을 타개하는 최선의 방법이기도 했다.

"죄송합니다! 제가 아이들의 입장을 생각하지 않고 함부로 대했습니다! 정말 죄송합니다!"

그야말로 번개와 같은 태세전환에 뒤따라온 원경은 물론이고 아이들도 황당한 표정을 지었다.

이렇게 손바닥 뒤집듯이 대번에 잘못을 인정할 줄은 몰라서였다.

하지만 원흠의 사죄에도 불구하고 유하성의 표정은 전혀 변하지 않았다.

여전히 싸늘한 눈빛으로 원흠을 내려다봤다.

"왜 나에게 사죄하지? 사과할 대상은 내가 아닐 텐데."

얼음장보다 더 차가운 유하성의 한마디가 원흠의 귓전에 박혔다.

아니, 정확하게는 전신을 얼렸다.

그 정도로 유하성의 목소리는 스산했다.

"미안하다, 애들아! 내, 내가 너무 강압적으로 가르친 것 같구나. 앞으로는 절대 이런 일이 없도록 조심……."

"그럴 일 없다. 하기 싫은 놈한테 계속 맡길 필요는 없지. 무당파의 미래를 위해서라도."

유하성이 원흠의 말을 잘랐다.

처음 보는 순간 유하성은 알았다.

원흠의 마음이 다른 곳에 가 있다는 사실을 말이다.

물론 그럴 수는 있지만 문제는 무시를 받는 아이들이었다.

"예?"

"너에게 맡길 수 없다고. 아이들의 가능성을 똥통에 처박아 버리는 너에게는 말이지. 아마 넌 모를 거다. 네가 어떤 짓을 저지른 건지. 오만하기 짝이 없는 그 눈깔에 보이는 것만이 전부라고 알고 있겠지."

덜덜덜!

원흠의 몸이 사시나무처럼 떨렸다.

별다른 기세 없이 그저 무심한 눈으로 말하는 것뿐인데 이상하게 원흠은 몸이 떨려 왔다.

마주 보는 것뿐인데 영혼이 얼어붙는 것 같은 느낌이라고나 할까.

하지만 유하성은 원흠이 그러거나 말거나 신경 쓰지 않았다.

"가라. 너 대신 내가 아이들을 가르칠 테니."

"아, 알겠습니다!"

반론은 없었다.

유하성의 싸늘한 일갈에 원흠은 곧바로 일어났다.

괜히 버티다가 한 대 맞는 것보다는 차라리 지금 빨리 자리를 뜨는 게 더 나았다.

관계개선은 유하성의 화가 조금이라도 누그러진 뒤에 해도 늦지 않았기에 원흠은 자리에서 벌떡 일어나 허리 숙여 인사한 후 헐레벌떡 대연무장을 떠났다.

"제 속이 다 개운하네요."

"쌓인 게 많았나 봐?"

"아무래도 성격이 조금 그러니까요. 저는 항렬이 낮아서."

많은 의미가 함축되어 있는 원경의 말에 유하성은 피식 웃었다.

끝까지 말하지 않았음에도 많은 걸 유추할 수 있어서였다.

"괜찮니?"

"네, 네!"

유하성은 그를 대연무장으로 오게 만든 여아에게로 다가갔다.

그러자 소녀의 두 눈이 동그래졌다.

성큼성큼 다가오는 유하성의 모습에 놀란 것이었다.

"이제부터는 내가 봐주마."

"저, 정말요?"

첫날에 보고 이번이 두 번째이기에 소녀는 잔뜩 긴장했었다.

그때도 대면한 게 아니라 멀리서 본 게 다였기 때문이다.

한데 원흠을 찍어 누르던 모습은 감쪽같이 사라지고 봄날의 훈풍처럼 따뜻한 어조로 말을 걸어 주자 소녀는 긴장한 채로 깜짝 놀랐다.

"내가 떠나보냈으니 당연히 그 빈자리를 채워야 하지 않겠니?"

"우, 우와!"

유하성의 말에 주변에서 환호성이 터졌다.

무당파의 일대제자들도 평소에는 보기 힘든 존재였으나 유하성은 아니었다.

배분으로만 따지면 장로급의 대우를 받는 게 유하성이었다.

더욱이 무당산에 올랐다고 해서 언제나 만날 수 있는 존재가 아니었기에 소녀 주변에 있던 아이들이 일제히 소리를 질렀다.

"싫으면 어쩔 수 없고."

"아, 아니에요! 지도받고 싶어요! 정말 받고 싶어요!"

소녀가 대뜸 유하성의 팔을 붙잡았다.

혹시라도 말을 바꿔 떠날까 싶어서였다.

그러다가 이내 자신의 실수를 깨닫고는 또 퍼뜩 놀랐다.

"죄, 죄송합니다! 옥체에 손을 대서!"

"옥체는 무슨. 내가 왕이니."

"패왕이시잖아요."

혼자 화들짝 놀라서 유하성의 팔을 놓은 소녀가 얼굴을 붉히며 개미 목소리만 하게 대답했다.

죄라도 지은 것처럼 시선을 피하면서 말이다.

그런 소녀의 모습에 유하성은 실소를 흘렸다.

"틀린 말은 아니구나. 하지만 나 역시 무당파의 제자란다. 아, 그 전에 이름이 뭐니?"

"소, 소유하예요."

"유하에게는 사숙조뻘이기도 하고. 어쩌면 사백조일 수도 있겠지?"

유하성이 빙그레 웃었다.

진산제자들도 다 알지 못하는 마당에 속가제자들의 항렬을 알 리 없었다.

"그, 그래서 더 죄송합니다아."

부드럽게 웃으며 설명을 해 주었음에도 여전히 말을 더듬는 소유하의 모습에 유하성은 끝내 피식 웃고 말았다.

아무래도 익숙해지는 데 시간이 좀 필요할 듯싶었다.

"사과는 그만하고. 이제 다시 연습해야지?"

"네에!"

武當霸王
무당
패왕

"다른 아이들도 마찬가지고. 구경은 여기까지."

짝짝!

유하성이 손뼉을 쳤다.

그러자 귀를 기울이며 힐끔거리던 주변의 아이들이 깜짝 놀랐다.

갑자기 터져 나온 박수 소리에 화들짝 놀란 것이었다.

"원경."

"네, 사숙."

"오늘은 너도 도와줘."

"알겠습니다."

갑작스러운 유하성의 부탁에도 원경은 군말 없이 승낙했다.

다른 일도 아니고 무당파의 속가제자들을 지도하는 일이었기에 거절할 이유가 없었다.

"자, 그럼 시작할까? 편하게 하면 돼, 편하게. 어긋나도 괜찮고, 흐트러져도 괜찮아. 하지만 중간에 포기하지만 않으면 돼. 잘못된 투로를 밟았다고 멈출 필요 없어. 다시 찾아가면 돼."

"네!"

"못하는 게 당연한 거야. 태극권은 기본공이지만 일 년 만에 대성할 수 있을 정도로 만만한 무공은 아니란다. 그러니까 어설픈 게 당연해. 너희들은 그래서 배우러 온 거고. 태극권을 대성했다면 이렇게 연습을 시키지는 않았겠지?"

"헤헤헤!"

부드러운 목소리 때문일까.

원흠으로 인해 딱딱하게 경직되어 있던 분위기가 서서히 풀리기 시작했다.

그러나 유하성은 거기에서 만족하지 않았다.

아이들과 한 명 한 명 대화를 나누며 조언을 해 주기 시작했다.

"이름이 뭐니? 원성학? 이름이 멋진데? 근데 왜 그렇게 몸에 힘이 없어? 태극권은 유능제강의 묘리가 담겨 있는 무공이지만 그렇다고 힘이 필요하지 않은 건 아냐. 일정 이상의 힘은 필요해."

한자리에만 서서 말로만 지시를 내렸던 원흠과 달리 유하성은 쉬지 않고 움직였다.

그리고 아이들에게 먼저 다가갔다.

친근하게 이름을 묻고, 이런저런 대화를 하며 긴장을 풀어 주었다.

그래서인지 아이들의 몸놀림은 아까 전과 확연히 달라졌다.

"허어."

"저분이 우리가 아는 유 사숙 맞아?"

"유 사숙께 저런 면모가 있을 줄은 몰랐네."

"나도."

한편 원흠과 함께 아이들을 지도하던 일대제자들은 하나같이 못 볼 광경을 본 것처럼 놀라고 있었다.

그들이 아는 유하성과는 너무나 상반되는 모습에 다들 어안이 벙벙해졌던 것이다.

"소문처럼 막 나가는 성격이 절대 아닙니다. 다만 잘못을 저지른 이나 적에게는 가차 없어서 그렇죠."

"그래도 너무 차이 나는 거 아냐? 우리에게는 저런 미소를 보인 적이 없는데⋯⋯."

원경의 말에도 다들 좀처럼 놀란 기색에서 빠져나오지 못했다.

극과 극의 모습에 적응이 되지 않는 것이었다.

"아이들이잖아요. 어른들을 대하는 거하고 다를 수밖에 없죠."

"근데 너무 차이가 나니까 서운한데."

"사형께서 유 사숙을 무서워하시는 건 아니고요?"

"그것도 없지 않아 있지."

대답하던 일대제자가 고개를 주억거렸다.

아무래도 그의 입장에서는 유하성을 대하는 게 조심스러울 수밖에 없어서였다.

일단 한 성격 하는 원호가 고분고분한 것도 한몫했고.

"알고 보면 잔정이 많으신 분이세요."

"너는 좋겠다. 유 사숙이 무공을 봐준다며?"

"저야 상황이 좀 그런 게 있으니까요."

"나도 가르침을 받고 싶다."

일대제자들이 하나같이 부러운 눈빛으로 원경을 쳐다봤다.

하지만 섣불리 부탁하지는 않았다.

스승이 귀천한 원경과 달리 그들의 사부는 두 눈을 벌겋게 뜨고 있었기에 감히 유하성에게 찾아갈 수가 없었다.

사부가 허락하기 전까지는 말이다.

"어떻게 보면 이번이 기회일 수도 있었습니다."

"흐음?"

"하긴."

원경의 말에 다들 눈을 빛냈다.

무슨 말인지 단박에 알아들은 것이었다.

"면목이 없구먼."

"무슨 말씀이신지 잘 모르겠습니다."

늦은 오후에 갑자기 찾아온 무율에게 차를 따라 주며 유하성이 눈을 크게 떴다.

거두절미하고 대뜸 사과부터 하니 이게 무슨 소리인가 싶어서였다.

"원흠과 있었던 일에 대해서 들었네."

"아. 별일 아니었습니다."

유하성이 웃으며 고개를 저었다.

화가 났던 건 사실이지만 그렇다고 원흠이 심각한 잘못을 저지른 건 아니었다.

속가제자의 차별이 없었던 것도 아니었고.

다만 유하성이 나무랐던 건 도가 지나쳐서였다.

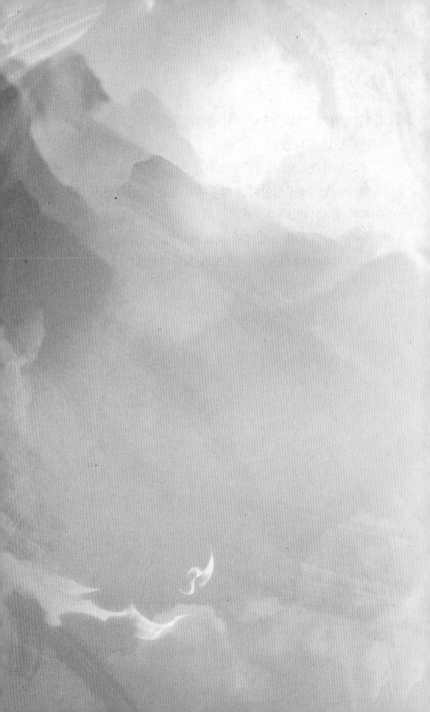

제78장 현재와 미래, 그리고 가능성

"별일이 아니긴. 들어 보니 분위기가 심상치 않았다고 하던데."

"잘 수습했습니다. 원흠도 앞으로는 조심할 테고요."

"사람을 관리하는 게 참 쉽지 않아."

무율이 깊은 한숨을 내쉬었다.

대제자일 때에는 무공만 수련하면 되었었다.

성년이 되어서 조금씩 명천의 일을 도와주기는 했었으나 그건 말 그대로 보조 정도였었다.

그런데 장문인이 되니 신경 써야 하는 게 한두 가지가 아니었다.

"인사가 만사라는 말이 있지 않습니까. 더욱이 명문대파라 할 수 있는 본 문이니만큼 어려운 건 당연하다고 생각합니다."

"개선한다고 하는데 성과가 없는 것 같아. 그래서 더 화가 나는 것이고."

답답한 표정으로 무율이 한숨을 내쉬었다.

열심히 하는데 성과가 딱히 보이는 것 같지 않아서였다.

가시적인 수준까지는 아니더라도 점진적인 변화는 있어야 하는데 어째 제자리걸음인 것 같았다.

거기다 엮인 이가 하필 또 유하성이었기에 무율은 진심으로 면목이 없었다.

"차차 나아지지 않겠습니까. 저는 많이 나아졌다고 생각합니다."

"정말 그렇게 생각하나?"

"예. 일단 인정하고 떠나지 않았습니까? 원호를 처음 만났을 때에 비하면 정말 많이 나아졌습니다."

"그 얘기는 들었네."

무율이 피식 웃었다.

비청당을 통해 두 사람의 첫 만남에 대해서 보고받은 적이 있어서였다.

유하성은 모르겠지만 그때 무율은 상당히 분노했었다.

하극상도 그런 하극상이 없어서였다.

"변한 게 없었다면 제 말을 귓등으로도 듣지 않았을 겁니

武當覇王
무당
패왕

다."

"그렇게 말해 주니 고맙구먼. 그런데 사제도 사제지만 아이들에게 미안해. 그런 취급을 당하려고 본산에 온 게 아닐 텐데."

무율의 입에서 깊은 한숨이 흘러나왔다.

보고만 받았음에도 가슴이 답답해져서였다.

"안 좋은 기억은 좋은 기억으로 덮을 수 있습니다. 저도 많이 노력하고 있고요. 그러니 너무 심려치 마세요."

"그래서 사제에게 고맙게 생각하고 있네. 사실 마음 같아서는 도움을 청하고 싶은데, 사제가 바쁜 걸 너무 잘 아니까. 소향이도 중요한 시기이고. 어떻게 보면 평생을 걸어갈 기틀을 만드는 시기이지 않나."

"그렇긴 한데 명천 사백이 계셔서 괜찮습니다. 거의 매일 연구동을 찾아오시는 터라."

"아."

무율이 피식 웃었다.

사부인 명천이 이소향을 엄청나게 아낀다는 걸 잘 알아서였다.

사손도 아닌데 명천은 마치 이소향을 사손처럼 아꼈다.

정작 사손인 원일의 무공은 별로 봐주지도 않고 말이다.

"다른 사람이 보면 명천 사백의 새 제자인 줄 알 겁니다."

"소향이가 사랑스럽기는 하지. 허허허."

원일을 비롯해서 제자가 더 있지만 무율 역시 애정이 가는 건 이소향이었다.

여자아이라서 그런지 애교도 많고, 하는 행동도 예뻤다.

"그리고 원흠 같은 녀석에게 맡길 바에는 차라리 제가 가르치는 게 낫습니다."

"앞으로는 아이들에게 얼씬도 하지 않을 걸세. 내가 따로 지시를 내려 놓았으니까. 다른 일대제자들에게도 경고를 해 놓았고. 물론 나보다는 사제를 더 무서워하는 것 같지만 말일세."

"적당한 공포는 필요하다고 생각합니다."

"맞아. 지도자에게는 말이지."

"다만 조금 걱정이 되는 것도 사실입니다. 제가 너무 관여하는 것도 좋지 않으니까요."

유하성이 괜히 연구동에서 벗어나지 않는 게 아니었다.

그는 가만히 있었으나 명성은 물론이고 영향력은 점점 커져만 갔다.

패왕이라는 별호를 얻기 무섭게 무당파 내에서의 입지가 눈덩이처럼 커져 갔기에 유하성은 자중했다.

혹여나 자신의 존재로 인해 무율의 권위가 흔들릴까 싶어서 말이다.

"사제가 무엇을 걱정하는지 아네. 그러나 불필요한 걱정이네. 사제가 걱정하는 일은 절대 벌어지지 않을 테니까. 나는 오히려 사제가 더욱 활동했으면 좋겠다고 생각하네. 은거할 나이는 아직 한참 멀었지 않나? 나를 배려해 주는 건 고맙지만 그럴 필요가 없다고 말해 주고 싶네. 사제에게 밀릴 정도로 내 입지가 불안한 게 결코 아니거든. 후후."

"그렇습니까."

"그러니 내 위신은 걱정하지 말고 하고 싶은 대로 하며 살아. 사형이 되어 가지고 사제 발목을 붙잡는다는 말은 듣고 싶지 않으니까. 그게 더 자존심 상하는 거거든. 근데 난 그 정도는 아니니까. 그러니까 내 눈치 볼 것 없어."

"알겠습니다."

허심탄회하게 먼저 속마음을 드러내는 무율 덕분에 유하성도 마음이 편해졌다.

무율과 관계가 나쁘지 않긴 하나 그렇다고 생각을 전부 터놓고 대화할 정도는 아니었다.

그런데 무율이 먼저 말해 주자 유하성은 마음이 한결 편해졌다.

"부탁할 게 있으면 언제라도 기탄없이 말하고. 이번 속가 제자들 중에 눈에 들어오는 아이가 있다면 말해 줘도 좋고. 나도 사제의 안목을 기대하는 사람 중 한 명이거든."

"저라고 완벽한 건 아닙니다. 아이들이 가지고 있는 가능성은 누구도 제대로 알 수 없으니까요."

"근데 사제가 말하면 믿음이 가. 아마 다들 그럴걸?"

"부담스럽습니다."

"그만큼 사제의 안목을 믿는다는 뜻이지."

무율이 씨익 웃었다.

편하게 말하라고 하기 무섭게 곧장 실행하는 것 같아서였다.

하지만 기분이 나쁘지는 않았다.

오히려 기꺼웠다.

'사제는 지금보다 더 훨훨 날아올라야 하니까.'

무율 역시 명천의 말에 동의했다.

유하성이야말로 무당파의 보배라고 말이다.

물론 그도 뒤에서 지켜보기만 할 생각은 없었다.

유하성보다 느릴지는 몰라도 언젠가는 나란히, 할 수 있다면 앞에서 이끌어 주고 싶었다.

'그래야 본 문이 더욱 강성해지는 것이기도 하고.'

절대고수는 많으면 많을수록 좋았다.

그리고 무율은 무당파의 장문인이기 이전에 무인이었다.

뒤처지는 건 스스로 용납할 수 없었다.

최강자가 힘들다면 엇비슷한 수준까지는 가고 싶었다.

'지금도 감이 안 잡히긴 하지만.'

무율이 유하성을 지그시 바라봤다.

여러 가지 일로 바쁘다지만 거의 은거하다시피 연구동에 머물고 있는 만큼 유하성은 조금씩이라도 강해지고 있었다.

지금의 수준이면 정체될 법도 한데 유하성은 그렇지 않았다.

오히려 점점 더 강해지는 게 느껴질 정도였다.

'어쩌면 날 넘어섰을 수도 있고.'

태청단을 먹기 전에도 승부를 장담할 수 없었던 유하성이었다.

그런데 지금은 번천회와의 전쟁을 겪으며 경험까지 충분히 쌓은 상태였다.

때문에 무율은 냉정하게 자신이 무조건 이길 수 있을 거라 자신하지 못했다.

물론 쉽게 지지도 않겠지만 말이다.

"저도 사람입니다. 실패도 많이 합니다."

"하지만 결정적인 것들은 성공하지 않았나. 면장이 그러했고, 십단금이 그랬지. 운이 좋았다고는 말하지 말게. 결정의 순간 옳은 길을 찾는 것 또한 능력이니."

"우선은 아이들에게 집중하겠습니다."

"그리하게. 필요한 게 있으면 언제라도 말하고. 원일을 통해서도 괜찮네."

"알겠습니다."

전적으로 지원해 주겠다는 말에 유하성은 일단 고개를 끄덕였다.

지금 당장은 생각나는 게 없지만 나중에는 다를 수 있어서였다.

그 뒤로 유하성은 다른 화제로 담소를 나누었다.

"파릇파릇하네. 나도 저런 때가 있었는데."

"우리도 저랬던 시절이 있었지."

"네가 코를 엄청 먹었었지. 꼬꼬마 시절에. 완전 시커멓고 작았었는데."

"……옛날얘기는 하지 말지?"

원상의 이마에 굵은 핏줄이 돋아났다.

생각지도 못한 과거 공격에 흥분한 것이었다.

그러나 원호는 그만둘 생각이 없었다.

원상이 이렇게나 흔들리는 경우는 드물어서였다.

"울기도 엄청 울었었지. 내가 그때 참 뒤치다꺼리 잘해 줬는데."

"나만 울었어?"

"너보다는 덜 울었지. 맞는 것도 덜 맞았고."

"같이 맞았으면서."

"ㅎㅎㅎㅎ!"

원호가 히죽 웃었다.

옛날이야기를 하니 재미있어서였다.

기억의 한편에 있던, 구석에 고이 봉인되어 있던 기억을 꺼내니 감회가 새로웠다.

그때를 생각해 보면 둘 다 용 된 것이나 마찬가지였다.

"쓸데없는 이야기는 집어치워."

"왜? 간만에 떠올려 보니까 재미있는데. 너는 재미있지 않아?"

"딱히 좋은 기억이 없어서. 죽어라 수련하고, 혼난 기억밖에 없어."

"힘들었지만 이제는 추억이잖아."

"그래서 너도 원흠처럼 하겠다고?"

원상이 톡 쏘아붙였다.

어제 있었던 일은 순식간에 무당파 전체로 퍼져 나갔다.

평소였으면 관습과도 같은 일이었기에 크게 논란이 되지는 않았겠지만 문제는 유하성이 연관되어 있다는 점이었다.

정확하게는 유하성이 터트린 일이었기에 자연스레 무당파 전역으로 퍼졌다.

"당연히 아니지. 악습은 끊어 버려야 해. 좋은 전통은 이어 가고."

"우리가 너무 무심했어. 원흠 성격을 모르는 것도 아닌데."

"내 언젠가 그놈이 일을 낼 줄 알았지."

"너도 개과천선 안 했으면 그 꼴 났을걸?"

"인정."

원호는 순순히 인정했다.

평소였다면 절대 아니라며 극구 부인했었을 텐데 말이다.

"어쩌면 원흠의 자리에 네가 있었을 수도 있었을걸."

"그것도 인정. 난 사숙을 만나고 사람이 됐지."

"만약 그때 내 조언을 내팽개치고 똥고집을 부렸다면……."

"아마 죽기 직전까지 맞고 정신을 차렸겠지."

"알긴 아네."

확신하듯 말하는 원호의 모습에 원상이 피식 웃었다.

그의 생각 역시 같아서였다.

유하성을 만났기에 사람이 된 것이었지 만나지 못했다면 여전히 천둥벌거숭이처럼 날뛰었을 터였다.

'그리고 뒤늦게 하늘 위에 하늘이 있음을 알았겠지.'

복건성으로 가기 전까지만 해도 원호는 무당파 내에서 거리낄 게 없는 것처럼 행동했다.

항렬이 꽤 높았을뿐더러 실력이 대제자인 원일을 제외하면 비교 대상이 없어서였다.

그래서 무당파의 천둥벌거숭이라 불렸었는데 명천의 명령에 의해 복건성에 가서 제정신을 차렸다.

유하성에게 제대로 깨지고서 주제를 깨달은 것이었다.

"나는 그래서 늘 사숙께 감사한 마음을 가지고 있다. 만약

武當霸王
무당
폐왕

밖에서 깨졌으면 자존심이 남아나질 않았을 거야. 일단 존장에게 훈계를 받은 거니까."

"그게 훈계였나? 내가 본 건 정신교육이었는데."

"······사랑의 매 정도로 합의를 보자. 어쨌든 사숙님의 충격요법 덕분에 정신을 차렸으니까. 근데 그 충격요법이 필요한 녀석들이 많은 듯해. 응?"

원상과 대화를 나누는 사이 어느새 대연무장에 도착했다.

대연무장 한쪽에 모여 있는 일대제자들 앞에 말이다.

그런데 도착한 원호가 눈을 부라렸다.

흠칫!

지금은 많이 얌전해졌으나 과거에는 악동으로 유명했던 게 원호였다.

그렇다 보니 일대제자들 중 누구도 감히 그와 시선을 마주하지 못했다.

원호보다 항렬이 높은 이가 있었다면 그래도 어느 정도는 통제가 되었을 텐데 아쉽게도 이 자리에 그런 이는 없었다.

"원흠의 이야기는 들었지? 본 사람도 있을 테고."

"그, 그렇습니다."

부리부리한 눈으로 무섭게 훑어보는 원호를 대신해 원상이 입을 열었다.

그러자 일대제자들이 바짝 긴장한 목소리로 대답했다.

원호가 직접적으로 손을 쓴다면 원상은 달랐다.

사람을 지능적으로 괴롭힐 줄 알았기에 위험도만 따지자면 원호보다 더 높았다.

"알아서 잘하자. 응? 크게 보자고. 다 같은 무당파의 제자들 아냐? 우리에게는 사질이 되고. 속가제자라 해도 남이 아니잖아? 근데 왜 차별을 해? 무공은 차이를 둬도 사람을 차별해서는 안 되잖아?"

"명심하겠습니다!"

"차라리 지금 말해. 그런 마음을 가지고 있으면. 아니다. 하기 싫은 사람 손들어. 빈자리는 나나 원상, 원경이 채울 테니까."

원호가 얼굴을 있는 대로 찡그리며 말했다.

좋은 말로 할 때 당장 말하라는 듯이 말이다.

그러나 인상을 잔뜩 쓰는 원호 앞에서 배짱 좋게 손을 들 일대제자들은 없었다.

"어, 없습니다!"

"열심히 하겠습니다!"

"그래?"

원호가 두 눈을 게슴츠레하게 떴다.

대답이 곧바로 나오지 않고 서로 눈치를 봤다는 걸 알아서였다.

그 말은 고민을 했다는 뜻이었기에 원호는 미심쩍은 표정을 얼굴에 그대로 드러냈다.

"한 번 더 기회를 주마. 갈 사람은 가. 괜히 눈치 보지 말고. 하기 싫은 일 우리도 억지로 시키기 싫으니까."

이대제자들과 속가제자들을 지도하는 일은 순번을 정해 번갈아 가면서 하고 있었다.

하지만 그마저도 못마땅해하는 이들은 분명히 있었다.

개인적인 성향 때문일 수도 있고, 혹은 개인에게 중요한 순간이 찾아와서일 수도 있었다.

물론 아이들과 어울리는 걸 좋아하는 이들도 분명히 있지만 그렇지 않은 이들도 있었기에 원상은 판을 깔아 주었다.

"아닙니다!"

"최선을 다하겠습니다!"

그러나 떠나는 이는 없었다.

뒤탈이 없을 거라고 말했지만 그걸 순순히 믿는 이는 없었다.

분명 머리에 담아 둘 것이기에 일대제자들은 망설이지 않고 대답했다.

"너무 얼지 말고. 아이들이 놀라잖아. 표정 풀어."

"예!"

"기합도 너무 들어갔어."

"시정하겠습니다!"

"누가 보면 우리가 너희들 잡는 줄 알겠다."

말을 해도 여전히 얼어 있는 사제들의 모습에 원상이 혀를 찼다.

한 소리 했다지만 그래도 너무 긴장한 것 같아서였다.

그렇다고 그나 원호가 때리거나 갈군 것도 아닌데 말이다.

"분위기 왜 이래?"

"오셨습니까?"

"어. 얘들 왜 이리 경직되어 있어?"

원상의 뒤로 유하성이 다가왔다.

늘 그렇듯이 뒷짐을 지고서 느긋하게 걸어왔던 것이다.

그리고 그 곁에는 어제와 마찬가지로 원경이 있었다.

원상과 원호가 자원해서 온 것처럼 원경도 마찬가지였다.

"어제 있었던 일에 대해서 잠깐 대화를 나누었습니다."

"대화라기보다는 경고한 거 같은데?"

"안 했습니다. 경고할 이유도 없고요."

"하긴."

차분한 원상의 대답에 유하성은 고개를 주억거렸다.

원호도 있는데 경고를 할 필요가 없었다.

주먹이 먼저 나갔을 테니까.

"어제와 같은 일은 없을 겁니다. 제가 다 확인했습니다."

"그렇다면 다행이고. 그럼 시작할까? 아이들도 기다리고 있는데."

"예."

"기초부터 하자고. 꼭 태극권을 연습할 필요는 없어."

"각자 가문의 무공을 익히도록 하실 생각이십니까?"

원상이 살짝 의아한 표정을 지었다.

태극권은 무당파의 근간이나 마찬가지인 무공이었다.

예전에는 알게 모르게 무시했었으나 지금은 달랐다.

무당파 모든 무공의 근원이 태극권이었기에 어느 누구도 태극권을 경시하지 않았다.

"원한다면. 태극권이 중요한 건 사실이지만 속가제자들에게는 각자 전수받은 무공이 더 중요할 테니까."

"만약 태극권을 선택하면요?"

"그럼 태극권을 봐줘야지."

"알겠습니다. 일단 아이들에게 전달하겠습니다."

원상이 의미심장하게 웃었다.

일대제자들만 있었다면 모를까 유하성이 있는 한 전부 태극권을 선택할 것임을 잘 알아서였다.

무당파의 모든 제자들이 알고, 익히고 있는 게 태극권이지만 극성으로 익힌 건 유하성이 유일했다.

태극권 하나로 천하를 오시하는 고수가 유하성이니만큼 원상은 아이들의 대답이 짐작이 갔다.

"이대제자들은 어떻게 할까요?"

"진산제자들은 지금 진도가 어느 정도까지 나갔지?"

"성취가 빠른 아이들은 태극검과 오행검을 익히고 있습니다. 몇몇은 칠성검을 시작했고요."

"칠성검까지? 빠르네."

원호의 대답에 유하성이 살짝 놀란 표정을 지었다.

그러면서 새삼 무당파의 저력을 깨달았다.

재능이 넘치는 아이들이 많다는 걸 말이다.

"저도 이대제자들 나이 때 칠성검을 배웠습니다. 하하하."

"지금 자랑질 할 때냐?"

"자랑이 아니라 사실을 말씀드린 건데?"

"그게 자랑인 거다. 애들이 네 말 듣고 무슨 생각을 하겠어? 응?"

"아."

원호가 빠르게 눈치를 살폈다.

혹시나 아이들이 들었나 싶어서였다.

그런데 안타깝게도 몇몇 아이들이 그의 말을 들었는지 눈이 마주치자 어색하게 웃었다.

"괜찮아. 적당한 자극은 도움이 되니까. 나 역시 그러했고. 원호는 몰라도 원상은 내 말의 의미를 알 거 같은데?"

"물론입니다."

원상이 동질감 가득한 표정으로 대답했다.

그리고 그 옆에 있던 원경도 마찬가지였다.

둘 다 원호를 따라잡기 위해 갖은 노력을 했기에 말의 의미를 아주 잘 알았다.

"하지만 딱 거기까지야. 그 이상은 안 돼. 아이들 기를 죽일 필요는 없잖아?"

"주의하겠습니다."

원호가 결연한 얼굴로 대답했다.

실수는 누구나 할 수 있었다.

그러나 그걸 즉각 인정하고 받아들이는 건 다른 문제였는데 원호는 군말 없이 대답했다.

"슬슬 시작하자고. 대화가 너무 길어졌어."

"무공수련도 좋지만 체력단련부터 시키는 게 낫지 않을까요?"

원상이 조심스럽게 의견을 제시했다.

무공수련도 중요하지만 그보다 더 중요한 게 바로 체력이었다.

기본적으로 체력이 받쳐 주지 않으면 제아무리 상승절학도 빛 좋은 개살구였다.

상승절학을 체득하고 있어도 체력이 부족하면 펼칠 수가 없기에 원상은 무공수련도 좋지만 체력단련이 먼저라고 생각했다.

"중요하긴 하지. 근데 억지로 시키는 건 좀 그래. 내 제자도 아닌데."

"제 짐작이긴 한데 아마 소향이처럼 다뤄 주길 바랄 겁니다. 아니면 현승이 정도라도요."

"저도 그렇게 생각합니다. 무공보다 더 중요한 게 체력이니까요."

웬일로 원호가 원상의 말을 거들었다.

무인에게 있어 기본 중의 기본이 체력이라고 생각해서였다.

그리고 누구보다 체력을 중시하는 게 바로 눈앞에 있는 유하성이었다.

원호는 물론이고 원상과 백현승, 곽두일, 원경에게 죽어라 체력훈련을 시킨 것 또한 유하성이었다.

"흐음."

그런데 누구보다 체력을 중요시하던 유하성이 고개를 갸웃거렸다.

일단 뛰기부터 하라고 해도 이상하지 않은 유하성이 말이다.

"제게 좋은 생각이 있습니다. 놀면서 할 수 있는 일이요."

"뭔데?"

별다른 대답이 없는 유하성의 모습에 원상이 조심스럽게 말을 이었다.

그러자 원호가 관심을 보였다.

오늘따라 적극적인 것 같아서였다.

원경 역시 같은 생각이라는 듯이 눈을 빛내며 원상을 바라봤다.

"말을 따라 달리게 하는 거지. 우리에게는 흑풍이의 자식이자 친구들이 있잖아. 그것도 세 마리나."

"호오."

원호가 턱을 쓰다듬었다.

확실히 체력단련으로 달리기만큼 좋은 건 없었다.

더욱이 무당산의 산세를 생각하면 기초체력을 기르기에 이보다 더 좋은 환경은 찾기 힘들었다.

"좋은 방법 같습니다."

"그렇지? 체력단련은 단순한 게 제일 좋으니까."

"글쎄. 굳이 그렇게까지 해야 할까?"

원경도 좋은 방법이라는 듯이 동의했으나 유하성은 달랐다.

놀랍게도 유하성은 딱히 동조하지 않았던 것이다.

"예?"

그 모습에 말을 꺼낸 원상은 물론이고 원호와 원경도 놀랐다.

당연히 유하성이 받아들일 줄 알았는데 그러지 않아서였다.

"소향이나 현승이었다면 그렇게 했겠지만 이대제자들과 속가제자들에게 그 정도 수준을 원하는 건 욕심 같아서. 속가제자들의 경우에는 부모나 조부와 함께 왔는데 내가 강압적으로 하기에는 조금 그렇지. 그렇다고 속가제자들의 무공에 대해 전부 다 알고 있는 것도 아니고."

속가제자들의 경우 상승절학을 가르치는 경우도 있었으나 보통은 배울 수 있는 한계가 정해져 있었다.

현허칠성검법의 경우 전반부만 허락된다는 식으로 말이다.

그렇기에 속가제자들의 경우 본산에서 전수받은 무공에 자신만의 깨달음을 합쳐 변형하는 경우가 많았다.

대대로 개량되고 발전되었던 것이다.

"그래도 뿌리는 같지 않습니까."

"맞아. 하지만 그렇다고 해서 내가 이래라저래라할 자격은 없지. 상호 간 얘기가 되어 있다면 모를까."

"으음."

원상이 고개를 주억거렸다.

생각해 보니 유하성의 말도 맞았다.

어찌 보면 상당히 민감한 문제였다.

유하성은 선의로 한 행동이었으나 받아들이는 쪽에서는 다른 의미로 받아들일 수도 있었다.

"사숙께서 해 주시는 조언에 반박할 제자가 있을까 싶긴 합니다만."

"그건 모르는 거지. 사람 마음만큼 알기 힘든 것도 없는데. 다 내 마음 같다고 생각하면 큰일 난다."

유하성은 단호하게 고개를 저었다.

사람의 마음만큼 복잡하고 어려운 것도 없다고 생각해서

였다.

단순히 명성이 높다고 해서 마음대로 할 자격이 있는 건 아니었다.

"적어도 저는 사숙께 충분한 자격이 있다고 생각합니다."

"저도 같은 생각입니다. 배분으로 따져도 자격은 충분하시죠."

원경에 이어 원호가 말을 이었다.

조심스러운 건 알겠지만 그렇다고 자격이 없는 건 절대 아니었다.

"우선은 하던 대로 하자고. 나도 아이들에 대해서 알아 갈 시간이 필요하니까."

"알겠습니다."

생각했던 것보다 대화가 길어졌기에 유하성은 이만 정리했다.

이렇게 가다가는 한도 끝도 없을 것 같아서였다.

이윽고 원상과 원호는 일대제자들에게 자잘한 지시를 내리며 곳곳으로 흩어졌다.

"차합!"

"이야압!"

두 사람을 위시로 일대제자들이 뿔뿔이 흩어지기 무섭게 본격적으로 합동수련이 시작되었다.

유하성의 지시대로 이대제자들과 속가제자들이 자유롭게

무공을 연마하기 시작했던 것이다.

그런데 하나같이 시선은 유하성에게 향해 있었다.

다들 유하성을 힐끔거렸던 것이다.

"상원이는 발을 내디딜 때 중심이동을 확실하게 해. 체중을 실으려면 하체를 확실하게 다룰 줄 알아야 해. 물론 기본은 하체단련이지만."

"예, 옙!"

"초령이는 발놀림을 좀 더 빠르게. 가문의 무공은 힘보다는 속도에 중점을 둔 무공인 것 같은데 느리게 움직이면 제 위력을 발휘할 수 없어. 검도 가볍게. 어쭙잖게 무게를 싣기보다는 더욱 빠르게 휘두르는 데 집중해."

"네에!"

뒷짐을 진 유하성이 지나가며 한마디를 할 때마다 아이들의 눈이 화등잔만 하게 커졌다.

유하성이 먼저 말을 걸어서가 아니라 자신들의 이름을 정확히 알고 있어서였다.

그리고 그건 이대제자들이라고 해서 다르지 않았다.

정확하게 자신들의 도명을 알고 있는 유하성의 모습에 이대제자들은 정말 깜짝 놀랐다.

"내 이름을 알고 계시다니……!"

"완전 신기해!"

미소를 보기 힘들 정도로 무뚝뚝한 표정이라 선뜻 다가가

기가 힘든 게 유하성이었다.

그런데 각자의 이름을 한 명 한 명 불러 주며 조언을 해 주자 이대제자, 속가제자 할 거 없이 전부 다 감격한 표정을 지었다.

"실패해도 괜찮아. 서툴러도 괜찮아. 계속하면 돼. 하다 보면 늘어. 지레 겁먹지 말고 자신감을 가지고 해."

그뿐만 아니라 유하성은 아이들의 자신감을 북돋아 주었다.

소문으로는 호랑이 선생님이 따로 없었는데 실제로 겪은 유하성은 달랐다.

실수를 해도 혼내기보다는 응원해 줬다.

마치 잘못하는 게 당연하다는 듯이 말이다.

"가, 감사합니다!"

"그럴 것까지는 없고. 대답할 힘이 있으면 수련에 쏟아."

"네, 넵!"

물론 그렇다고 해서 까칠한 성격이 어디 가는 건 아니었다.

하지만 중요한 건 분위기가 나쁘지 않다는 점이었다.

오히려 생각했던 것 이상이었다.

휙! 휘이익!

파바바밧!

긴장이 풀려서일까.

시간이 갈수록 아이들의 움직임이 가벼워지고 정확해졌다.

유하성의 의도대로 본실력을 드러내기 시작한 것이었다.

동시에 유하성의 존재도 잊고 무공수련에 빠져들었다.

"허허허허."

대연무장이 한눈에 내려다보이는 언덕에서 명천이 너털웃음을 터트렸다.

다 함께 모여 수련 중인 이대제자들과 속가제자들의 모습에 아주 흡족한 미소를 지었던 것이다.

"저는 솔직히 예상 밖이었습니다."

"뭐가?"

"사형도 아시잖습니까."

슬그머니 명천의 곁으로 다가온 명덕이 한쪽 눈을 꿈틀거렸다.

다 알면서 모른 척을 하는 게 어이가 없어서였다.

"하성이? 아니면 원흠이?"

"당연히 하성이죠. 원흠에 대한 일은 다 끝나지 않았습니까."

"내 하성이를 볼 면목이 없어."

명천이 입맛을 다셨다.

사실 진산제자와 속가제자를 차별하는 풍조는 예전부터 있었다.

꼭 무당파에만 있는 것도 아니었고 말이다.

하지만 중요한 건 그 정도였다.

필요에 의해 허락하는 무공을 구분하는 것인데 그게 마치 신분처럼 자리 잡았다.

진산제자가 마치 대단한 특권이라도 되는 것처럼 말이다.

"어떻게 보면 오랜 시간 동안 자리 잡은 관습이지 않습니까."

"큰 문제가 되지 않아 그냥 넘겼던 일이기도 했지. 작은 문제라고 생각했었으니까. 하지만 크거나 작거나 문제는 문제야."

"다들 그냥저냥 넘어가니 저희도 그랬었죠."

"맞아. 근데 그러면 안 되었어. 작은 문제라도 바로잡는 게 맞는 건데. 어쩌면 그래서 배신을 했을지도 모르겠어."

"저도 그렇게 생각합니다."

명덕이 씁쓸한 표정으로 대답했다.

비청당주이기에 그는 실제로 배신자들을 직접 만나 보고 심문도 했었다.

그래서 명천보다는 더 많은 걸 알고 있었다.

"차별대우에 대한 것도 있었겠지?"

"……예."

"목적은 본 문의 상승무공일 테고."

"그렇습니다."

"제2의 배신자들이 나오지 않게 하려면 진산제자와 속가 제자의 골이 만들어지지 않게 해야 해."

명천이 무거운 어조로 말했다.

그러나 그도 알고 있었다.

지금 말한 게 실현시키기가 정말 어렵다는 사실을 말이다.

만약 그게 쉬웠다면 일이 여기까지 오지도 않았을 터였다.

"저 역시 그렇게 생각합니다. 하지만 차별대우를 하지 않으려고 모든 무공을 공개하는 건 옳지 않은 방법입니다. 지금까지 지켜 온 규율에 어긋나는 일이기도 하고요. 또 전반부가 아닌 모든 부분을 공개한다면 제이의 번천회 사태가 벌어지지 않으리란 법이 없습니다."

"전반부만 공개해서 파훼법이 안 나온 건 아니다만."

"그래도 시간은 벌 수 있지 않습니까."

"배신자는 진산제자들 중에도 있었어. 제갈세가를 비롯해서 오대세가의 경우 방계가 아닌 직계 중에서도 배신자들이 있었고. 그러나 네 말도 일리는 있어. 지금까지 지켜 온 규칙을 바꿀 수는 없지."

"우선은 인식을 바꿔 가는 것에서부터 시작하는 게 좋을 것 같습니다."

무당
폐왕 武當霸王

비청당주이지만 명덕이라고 해서 명쾌한 해답이 딱딱 나오는 건 아니었다.

하지만 그렇다고 해서 손을 놓고 있는 것도 말이 되지 않았다.

"내 그래서 무복도 다 통일하지 않았더냐. 적어도 무당산에 있을 때에는 똑같은 제자라는 동질감을 주기 위해서."

"저도 좋은 방법이라고 생각합니다. 아무래도 시각적인 효과를 무시하지 못할 테니까요."

"그러나 이건 임시방편에 불과해."

"방법은 계속 찾아봐야지요. 똑똑한 아이들이 머리를 맞대고 있으니 곧 좋은 소식이 있지 않을까 생각합니다."

"너도 좀 궁리해 보고."

명천이 은근슬쩍 말했다.

이제는 원로가 되었다고 너무 원자배에게 떠넘기려는 것 같아서였다.

"사형도 함께 고민하셔야죠."

"크흠! 당연하지!"

물론 명덕은 혼자만 당하지 않았다.

자연스럽게 명천도 물고 늘어졌다.

백지장도 맞들면 낫다라는 속담처럼 한 명보다는 두 명이 힘을 합치는 게 나았다.

"하성이가 있어서 얼마나 다행인 줄 모릅니다. 만약 하성이가 없었더라면 이 문제는 곪아서 터졌을 겁니다."

"속가제자들의 불만이 걷잡을 수 없을 정도로 커졌겠지. 하지만 속가제자이면서 무당패왕이라 불리는 하성이가 있어 이 정도에서 그친 거지."

"맞습니다."

"명운이도 이 모습을 봤으면 정말 좋았을 텐데. 화도 좀 내고 투정도 부리는 모습을 남겨 주면 좀 좋아."

뿌듯함과 동시에 허탈함이 가슴을 가득 채웠다.

생각하면 생각할수록 너무나 아쉽고 미안해서였다.

"하늘에서 잘 보고 있을 겁니다. 저희는 안 봐도 하성이는 볼 테니까요."

"겸사겸사 우리도 봐 주었으면 좋겠어."

두 사람의 시선이 유하성에게로 향했다.

대충 보는 것 같으면서도 꼼꼼하게 아이들에게 조언을 해 주는 모습에 둘 다 똑같은 미소를 짓고 있었다.

유하성은 용봉회나 이번 일정같이 큰 행사가 있을 때마다 식당으로 사용되는 커다란 건물로 향했다.

이번 행사에 방문한 인원이 상당하다 보니 아이들이 부족한 인력을 충당하기 위해 지원을 나와 있었다.

누가 시킨 게 아니라 스스로 하겠다고 나선 것이지만 그래도 유하성으로서는 신경이 쓰일 수밖에 없기에 직접 찾아왔다.

"어?"

"유 공자님!"

인원이 인원이니만큼 손질해야 하는 식재료의 양만 해도 어마어마했다.

그래서인지 건물 앞의 마당에서 아이들이 채소를 손질하고 있었다.

몇몇은 아예 도마를 밖으로 꺼내 와서 채소와 고기를 썰었다.

"다들 고생이 많네."

"아니에요! 전혀 힘들지 않은걸요?"

"도울 일이 있으면 당연히 도와야죠!"

"별로 어려운 일도 아니고요!"

유하성이 미안한 기색으로 입을 열자 여기저기에서 대답이 쏟아졌다.

이 정도는 별것도 아니라는 듯이 말이다.

"오히려 저희는 기쁜걸요!"

"맞아요! 저희가 도울 수 있는 일이 있으니까요."

"굳이 비싼 돈 주고 균현에서 사람을 쓸 필요 있나요. 저희들도 웬만한 일은 다 할 줄 아는데."

"빨래와 청소, 식재료 손질의 전문가가 저희들이에요!"

처음 무당산에 데려왔을 때보다 많이 자란 아이들이 히죽 웃으며 대답했다.

남자아이들은 어느새 코 밑이 거뭇거뭇해져 있었고, 여자아이들도 이제는 제법 여자 태가 났다.

소년들이 근육으로 몸에 굴곡이 나타났다면 소녀들은 가슴과 엉덩이가 나오기 시작했던 것이다.

"그래도 미안해서 그러지."

"에이. 이 정도 일은 아무것도 아닌걸요. 저희가 받은 은혜에 비하면요."

"은혜는 갚을 수 있을 때 갚는 게 제일 좋다고 했어요."

"사실 이런 일 가지고 은혜 운운하는 게 우습긴 하지만요. 헤헤!"

유하성의 말에 아이들이 머쓱한 표정을 지었다.

스스로 말해 놓고도 민망해서였다.

하지만 유하성의 생각은 달랐다.

이렇게 먼저 나서 준 게 너무나 고마웠다.

"아니야. 이렇게 도와주는 것만으로도 나는 고마워. 정말 큰 도움이 되기도 했고. 사실 너희들이 굳이 도와주지 않아도 되는 일인데."

"품앗이 같은 거죠."

"맞아요! 그렇다고 어려운 일도 아닌걸요. 요리하는 것도

武當霸王
무당
패왕

아니고 자잘한 일인데요."

아이들이 동시에 고개를 저었다.

유하성에게 이런 말을 들을 정도는 절대 아니어서였다.

오히려 그들이 유하성과 무당파에 받은 것들에 비하면 아무것도 아니었다.

"너희들의 시간을 너무 빼앗는 거 같아서 그렇지."

"정말 괜찮아요. 나름 체력단련이 되기도 하고요."

"수련은 빼먹지 않고 하고 있어요!"

"잠자는 시간을 줄이면 되니까요!"

"야! 그 말은 하지 말았어야지! 유 공자님 신경 쓰이게!"

손발이 척척 맞았던 아이들이 이내 티격태격했다.

괜한 말로 유하성을 신경 쓰이게 만들 것 같아서였다.

그래서인지 곳곳에서 구박이 쏟아졌다.

그리고 영리한 아이들은 곧장 화제를 돌렸다.

"소향이도 가끔 와서 도와주고 가요!"

"진인들은 조금 불편해하는 것 같지만요."

"눈치를 많이 보더라고요."

유하성이 살짝 놀란 표정을 지었다.

이런 말은 듣지 못해서였다.

"그래?"

"네. 소향이도 저희처럼 손이 야무지거든요. 간단한 건 할 줄 알고요. 다만 대용량으로 해야 해서 저희처럼 식재료 손질만 주로 해요."

"눈치 보는 걸 알고 몰래 와서 저희를 도와주고 가요."

처음 말을 꺼냈던 아이의 목소리가 점차 작아졌다.

주변에서 쏟아지는 곱지 않은 시선에 점점 주눅이 들어 가는 것이다.

따로 말을 하지 않았지만 눈빛만으로 무슨 말을 하고자 하는지는 충분히 전달되었다.

"눈치가 보일 만은 하지."

그러나 유하성은 그걸 느끼지 못했다.

다른 이도 아니고 이소향과 관계된 일이었기 때문이다.

그리고 일대제자들의 심정도 충분히 이해가 갔다.

원상이나 원호, 원경처럼 새로 생긴 막내 사매가 한없이 귀여울 수도 있지만 반대로 불편할 수도 있었다.

'진산제자도 아니고 속가제자이니까.'

배분상으로나 항렬상으로나 문제 될 것은 없었다.

다만 이소향이 유하성의 제자라는 게 신경 쓰일 터였다.

하나 그렇다고 그가 일대제자들의 눈치를 보는 것도 웃겼다.

불편하고 마음이 편치 않겠지만 그래도 이해하고 납득해야 하는 게 일대제자들이었다.

'나이 어린 사백이나 사숙을 모시는 것보다는 나으니까.'

유하성은 딱 여기까지만 생각했다.

일대제자들의 입장을 모르는 건 아니지만 그가 심각하게 생각할 부분은 아니었다.

문제 되는 것도 없었고.

또 시간이 흐르면 해결될 문제이기도 했다.

"제, 제가 실언을 했나요?"

"그럴 리가. 오히려 말해 줘서 고맙다, 등혁아."

"네. 헤헤!"

유하성의 표정을 살피던 안등혁이 그제야 안도의 한숨을 내쉬었다.

이제야 친구들의 시선이 누그러져서였다.

더불어 마음속으로 다짐했다.

앞으로는 더욱더 입조심을 해야겠다고 말이다.

"따로 필요한 건 없고?"

"네!"

"웬만한 건 현승 오빠가 챙겨 줘서 괜찮아요."

"하산한 형, 누나 들이 조금씩이지만 보내오는 것들도 있고요."

"금와장이랑 제갈세가, 남궁세가, 서문세가에서도 와요."

사방에서 대답이 동시다발적으로 쏟아졌으나 유하성은 그것보다 내용에 놀랐다.

백현승이 아이들을 챙기는 건 자주 봤지만 금와장과 제갈세가, 남궁세가와 서문세가가 지원을 해 줄 줄은 몰라서였다.

"진짜?"

"네. 혹시 모르셨어요? 꽤 오래전부터 이것저것 보내 주셨는데."

"네 곳으로 간 언니, 오빠 들한테서 편지와 같이 와요!"

유하성이 의외라는 표정을 지었다.

그와의 인연도 있으니 어느 정도 아이들을 챙길 거라 생각하긴 했으나 이렇게 세심하게 신경 쓸 줄은 몰라서였다.

심지어 그와 서신을 주고받으면서도 이런 내용은 일절 없었기에 유하성의 놀람은 컸다.

"고맙다고 해야겠네. 나보다도 더 챙기고 있으니."

"절대 그렇지 않아요!"

"저희들이 이렇게 건강히 자랄 수 있었던 건 전부 다 유 공자님 덕분인데요!"

"유 공자님께 제일 감사하고 있습니다!"

아이들이 일제히 손사래를 쳤다.

제아무리 다른 사람들이 도와줘도 유하성과 비교할 수는 없어서였다.

여기 있는 아이들을, 아니 떠난 아이들까지 전부 유하성이 살린 것이나 마찬가지였기에 아이들은 황급히 고개를 저었다.

"알았으니까 그쯤 해. 다들 무리하지 말고. 도와주는 건 고맙지만 다치지 않았으면 좋겠어."

"명심하겠습니다!"

"하하. 저희도 반쯤은 전문가라서 괜찮습니다!"

싫은 티는커녕 오히려 이것밖에는 도울 수 없다는 듯이 미안해하는 아이들의 모습에 유하성은 가슴이 뭉클해졌다.

더불어 자신의 선택이 틀리지 않았음을 느꼈다.

엄청난 업적을 세운 건 아니지만 그래도 아이들의 미래를 조금은 좋은 방향으로 이끈 것 같아 유하성은 내심 뿌듯한 감정을 느끼며 아이들 한 명 한 명의 손을 잡아 주었다.

고마운 마음을 이렇게나마 전달하고자 했던 것이다.

후우우웅.

가부좌를 틀고 있는 곽두일을 중심으로 묵직한 기류가 휘몰아쳤다.

그런데 곽두일은 혼자가 아니었다.

곽두일의 등, 정확하게는 명문혈에 유하성이 양손을 포개고서 그의 운기행공을 도와주고 있었다.

"으음!"

평온한 유하성과 달리 곽두일의 얼굴은 잔뜩 일그러져 있었다.

천 년짜리도 아니고 고작 백 년 묵은 하수오를 흡수하는
데 힘겨워하는 자신이 너무 못마땅해서였다.

－흥분하지 마세요. 백년하수오의 기운을 만만하게 보아
서는 안 됩니다.

으드득.

머릿속에 울리는 유하성의 전음에 곽두일은 이를 악물었
다.

자괴감에 몸부림치는 걸 귀신같이 알아차리고서는 전음을
보낸 것이었다.

그와 동시에 곽두일은 흥분을 가라앉혔다.

화는 나지만 지금 중요한 건 백년하수오의 기운과 그의 공
력을 합일하는 것이었다.

'유 공자님의 노력과 시간을 헛되이 해서는 안 된다.'

곽두일은 어금니를 앙다물었다.

등 뒤에 있는 유하성도 유하성이지만 그를 위해 백년하수
오라는 영약을 선뜻 내준 백현승을 위해서라도 지금의 이 시
간을 허투루 보내서는 안 되었다.

특히 어떻게 해서든 몸 밖으로 빠져나가려 하는 백년하수
오의 기운을 무조건 붙잡아야 했다.

'단 한 톨도 내보낼 수 없다!'

곽두일을 힘들게 하는 건 단순히 백년하수오의 기운이 거
칠게 저항해서가 아니었다.

틈만 나면 모공을 통해 체외로 빠져나가려고 했기에 곽두일로서는 그것도 신경 써야 했다.

체내에서 제 마음대로 날뛰면서 쉴 새 없이 도망갈 궁리를 하니 이중고도 이런 이중고가 없었다.

하지만 그렇다고 약한 소리를 할 수는 없었다.

이게 어떤 기회인지 스스로 너무나 잘 알았기에 곽두일은 극심한 심력소모로 머리가 빠개질 것 같았지만 집중했다.

후욱!

크게 심호흡을 하며 곽두일은 집중하고 또 집중했다.

유하성이 도와주고 있으나 결국 중요한 건 그였다.

그가 정신을 잃으면 모든 게 끝나기에 곽두일은 아랫입술을 힘껏 깨물었다.

'크흐!'

얼마나 세게 깨물었는지 입안에서 혈향이 짙게 느껴졌다.

동시에 따끔한 고통도 같이 느껴졌으나 그로 인해 정신이 조금은 맑아진 듯한 느낌이 들었다.

충격요법이 나름의 효과를 발휘한 것이었다.

'마음껏 반항해라! 결국 이기는 건 나다! 내가 모조리 다 흡수해 주겠다!'

으적으적!

피 맛으로 인해 입안에 있는 하수오의 맛이 전혀 느껴지지 않았지만 곽두일은 미친 듯이 씹었다.

잘근잘근 씹어서 가루로 만들어 버리겠다는 듯이 기계적으로 짓씹으며 백년하수오와의 싸움을 이어 갔다.

스윽.

오른팔을 잃었기에 평소에 사용하지 않던 기맥을 새로이 뚫어야 했던 게 곽두일이었다.

그렇다 보니 백현승과는 달리 백년하수오를 먹는 데 시간이 걸렸다.

하지만 그렇기에 큰 문제는 없었다.

준비를 철저히 한 만큼 변수라고 할 만한 게 별로 없었던 것이다.

그래서 유하성은 어느 정도 안정권에 다다르자 명문혈에 포개고 있던 양손을 뗐다.

이제부터는 곽두일 혼자 해도 된다고 생각해서였다.

웅웅웅!

반항기 가득했던 처음과 달리 지금 곽두일의 주변에 흐르는 기류는 상당히 안정되어 있었다.

유하성의 노력 덕분인지 이제는 완벽하게 백년하수오의 기운을 통제하는 것이었다.

그러나 끝난 건 아니었다.

가장 큰 고비를 넘긴 것뿐이었기에 조금은 더 지켜봐야 했다.

'여기까지 온 이상 큰 문제는 발생하지 않겠지만.'

백년하수오의 기운을 흡수하는 데 시간이 제법 소요되겠지만 그건 어쩔 수 없었다.

자연에서 백 년이란 세월 동안 쌓인 기운이었다.

같은 시간이라고 해도 인간이 적공한 내공과 같을 리 없었다.

때문에 단시간에 흡수하는 건 힘들 터였다.

'그래도 생각했던 것보다 체외로 배출된 기운이 거의 없어.'

적당히 물러나 호법을 서며 유하성이 흡족한 표정을 지었다.

기대했던 것보다 더 훌륭하게 곽두일이 백년하수오를 흡수해서였다.

백년하수오가 영약 중에는 그리 가치 있는 취급을 받지 못한다고 하나 그래도 영약이었다.

쉽게 구할 수 없는 영약이니만큼 오늘이 지나면 공력증진이 상당할 터였다.

'어쩌면 곧바로 절정의 벽을 넘을 수도 있고.'

공력이 많다고 해서 꼭 검기성강의 경지에 오르는 건 아니었다.

하지만 공력이 많으면 유리한 건 사실이었다.

반쪽짜리긴 해도 강기를 이룰 수 있었고 말이다.

거기다 곽두일은 산전수전을 다 겪은 노련한 표사이니만

큰 경험도 상당했다.

'충분히 기대해 볼 만하지.'

많은 이들이 절정의 벽 앞에 좌절하지만 유하성은 자신이 있었다.

적어도 그가 있는 한 곽두일이 절정의 벽으로 인해 좌절하는 일은 없을 거라고 말이다.

파아앗!

유하성의 생각이 거기까지 닿았을 때 곽두일의 전신에서 상당한 기운이 뿜어져 나왔다.

끈질긴 백년하수오의 저항을 이겨 내고 완벽하게 합일을 이룬 것이었다.

"크하!"

동시에 곽두일이 억눌린 호흡을 시원스럽게 토해 냈다.

그러고는 자리에서 벌떡 일어났다.

"고생하셨습니다."

"아닙니다. 저보다는 유 공자님께서 훨씬 더 고생하셨죠. 못난 저 때문에 시간과 심력을 낭비하시고……."

창졸간에 기쁜 감정을 수습하고 얼굴 가득 미안한 기색을 띠며 곽두일이 말했다.

백년하수오의 흡수를 도와준 건 물론이거니와 호법까지서 주어서였다.

"낭비라니요. 저는 그렇게 생각하지 않습니다. 오히려 이

건 투자입니다."

"투자요?"

"네. 현승이와 대청표국을 잘 부탁드린다는."

"하하. 그건 제가 당연히 해야 하는 일인데요."

곽두일이 머쓱하게 웃었다.

그리고 깨달았다.

유하성이 그의 부담을 덜어 주기 위해 이렇게 말했다는 사실을 말이다.

"그럼 서로 당연히 해야 할 일을 한 걸로 하시죠."

"말이 또 그렇게 되나요?"

"예. 현승이는 제게 있어 남이 아니니까요."

유하성이 빙그레 웃었다.

정도 정이지만 백현승은 명운의 유일한 혈육이었다.

그리고 곽두일은 백현승이 대청표국에 한해서는 유일하게 믿고 의지할 수 있는 인물이었고.

그러니 투자라는 말이 꼭 틀린 말은 아니었다.

"이 은혜는 제가 죽기 전에 꼭 갚겠습니다."

"그럼 오래 사셔야 하겠는데요."

"일단 팔십까지는 생각하고 있습니다. 그 정도면 대청표국을 다시 복건십대표국의 위치에 올릴 수 있을 것 같습니다."

"흐음. 제 예상과는 조금 다른데요."

두 눈을 동그랗게 뜨는 곽두일을 마주 보며 유하성이 씨익
웃었다.

그는 그렇게까지 시간이 걸리도록 할 생각이 없었다.

"태극을 생각해! 언제나 태극이 기본이야! 태극권과 태극
검을 생각하며 움직여!"

"예!"

"알겠습니다!"

이른 아침부터 대연무장에서는 뜨거운 열기가 무섭게 치
솟고 있었다.

여름이기도 했지만 대연무장에 모인 아이들이 뿜어내는
열기 때문이었다.

원호의 일갈에도 아이들은 긴장하기는커녕 오히려 더욱
집중했다.

개량된 태극진을 확실하게 체득하기 위해서였다.

"두 명일 땐 태극, 세 명일 때는 삼태극. 그리고 네 명일
때는 두 개의 태극진이라. 되게 간단하네."

"근데 왜 넌 그걸 못 해?"

"머리로 아는 것과 몸으로 펼치는 것에는 엄청난 간극이
있기 때문이지."

"하여튼 입만 살아서는."

원상과 원호, 원경을 비롯한 일대제자들이 대연무장을 쉴 새 없이 돌아다니며 위치를 교정해 주고 있을 때 허당천 일행은 오늘도 어김없이 티격태격하고 있었다.

서로를 응원해 주기보다는 실수를 매의 눈으로 찾아내어 지적하기 바빴던 것이다.

"사돈 남 말 하지 말고 일단 너부터 잘하지?"

"난 잘하고 있거든?"

"전혀 아닌데?"

"조용히 해라! 유 사숙조님 오셨다!"

장일기의 말에 세 친구들이 일제히 입을 다물었다.

일대제자들이 지나가도 복화술로 서로를 공격하기 바쁜 이들이 거짓말처럼 입씨름을 멈췄던 것이다.

"근데 신기하다. 무당패왕 대협을 사숙조님이라 부르다니."

"나도 아직 믿기지가 않아. 되게 가까워진 느낌이야."

허당천이 눈을 반짝거렸다.

무당산에 온 지 벌써 한 달 가까이 되었지만 허당천은 아직도 믿기지 않았다.

무당패왕의 지도를 받는다는 게 말이다.

"마을에 돌아가면 다른 녀석들이 엄청 물어보겠지?"

"당연하지. 유 사숙조님을 직접 목도한 건 우리뿐인데."

"우와. 유 대협님이 아니라 사숙조님이라 부르다니."

네 소년들이 일제히 몽롱한 표정을 지었다.

직접 본 걸 넘어 대화까지 나누었음에도 사실 아직도 믿기지 않았다.

그토록 선망하던 유하성을 만났음에도 말이다.

"아마 엄청 부러워하겠지?"

"부러워하는 놈 반, 믿지 않는 놈 반은 되겠지."

넷 중 염세적인 성격인 예상후가 입을 열었다.

있는 그대로 말해도 곧이곧대로 받아들이지 않는 녀석들이 분명히 존재할 거라 생각해서였다.

"맞아."

"근데 증거가 필요해? 우리가 이 자리에 있는 게, 유 사숙조님의 가르침을 받았다는 게 중요하지."

"암! 사실 크게 기대하지는 않았는데 말이지."

부친과 함께 무당산을 찾을 때만 하더라도 네 명은 속으로 같은 생각을 하고 있었다.

처소에서 거의 은거하듯 생활하고 있었기에 운이 좋아야 스치듯이 유하성을 볼 수 있을 거라고 말이다.

하지만 그건 착각이었다.

초반에는 정말 보기 힘들었지만 원흉의 일 이후 모든 게 달라졌다.

'그렇게 말해 준 사람은 처음이었어.'

장일기의 표정이 다시 한번 몽롱하게 변했다.

가능성.

흔하디흔한 세 글자였으나 지금껏 살아오면서 누구도 그에게 가능성이 있다고 말해 주지 않았다.

심지어 그의 부친도, 조부도 말이다.

그런데 유하성이 말해 주었다.

여기 있는 모두에게 무한한 가능성이 있다고 말이다.

'다른 사람이었다면 공감하기 힘들었겠지만 유 사숙조님은 달라.'

유하성이 세상으로 나오기 전까지 그의 존재를 알고 있는 사람은 극소수였다.

그러나 유하성이 하산하는 순간 모든 게 달라졌다.

무림에 혜성처럼 등장하며 평정한 게 유하성이었다.

게다가 유하성이 무당파에서 배운 건 태극권 하나뿐이었다.

'물론 모두가 다 유 사숙조님처럼 되는 건 불가능하겠지만.'

장일기는 물론이고 친구들도 알고 있었다.

아니, 모여 있는 모두가 알고 있을 것이었다.

유하성처럼 되는 건 불가능에 가깝다는 사실을 말이다.

하지만 중요한 건 가능성이었다.

유하성은 바로 그 가능성을 말하고 있었다.

자신도 했으니 여기 있는 모두도 할 수 있다고 말이다.

"거기다 우리 이름까지 다 알고 계시고."

"나 바로 그 점에서 감동받았잖아. 하루 만에 이름 전부 외우는 거 보고 완전 감동했어."

"나도 나중에 나이 먹으면 꼭 따라 해야지."

"대화하는 건 좋은데 합격진은 제대로 펼쳐야지."

우뚝!

네 소년의 대화가 끊어졌다.

그뿐만 아니라 네 명이 동시에 멈춰 섰다.

익숙하면서도 낯선 목소리가 등 뒤에서 들려와서였다.

그래서 네 소년은 돌처럼 딱딱해진 표정과 몸으로 천천히 고개를 돌렸다.

"헉!"

"으악!"

그리고 동시에 놀랐다.

혹시나 했던 예상이 맞아서였다.

뒷짐을 지고 느긋한 표정으로 서 있는 유하성의 모습에 네 명은 화들짝 놀라며 바닥에 주저앉았다.

"내 말이 그렇게 놀랄 일인가?"

"죄, 죄송합니다!"

너무나 격렬한 반응에 유하성이 고개를 갸웃거렸다.

이렇게나 놀랄 만한 일인가 싶어서였다.

반면에 유하성을 보필하듯 적당한 거리를 두고 따르던 원상과 원호, 원경은 키득거렸다.

　유하성과 달리 세 사람은 아이들의 반응이 이해가 가서였다.

　"죄송할 것까지는 없고. 넷 다 연습에 집중해. 태극권과 흡사하다고 만만하게 보는 건 아니겠지?"

　"절대 아닙니다!"

　"죽어라 외우고 있습니다!"

　허당천과 아이들이 목이 터져라 소리쳤다.

　개미 눈곱만큼도 그렇게 생각하지 않아서였다.

　오히려 가문의 무공보다 더 열심히 수련하는 게 태극권이었다.

　"그래?"

　"넵!"

　"태극진은 아직 익숙해지는 중이지만 태극권은 눈 감고도 펼칠 수 있습니다!"

　허당천과 장일기가 가슴을 탕탕 두드렸다.

　그리고 그 자신감은 결코 허세가 아니었다.

　유하성을 닮고 싶었기에 장일기와 허당천 말고도 나머지 두 친구도 죽어라 태극권을 수련하는 중이었다.

　"거짓말은 아닌 것 같네."

　"어느 안전이라고 거짓말을 하겠습니까!"

유하성의 시선이 빠르게 네 소년을 훑었다.

경지가 경지이니만큼 유하성 정도 되면 보는 순간 얼추 알았다.

걷는 걸 보면 더욱 확실하게 무공의 성취가 보였고 말이다.

"근데 태극진은 왜 그래?"

"윽!"

"허업!"

다만 문제는 태극권의 성취만 높아졌다는 점이었다.

태극진을 연습한 지 벌써 보름 가까이 되었는데도 태극권과 달리 성취가 지지부진했다.

"원래 처음이 힘든 법이야. 봐줄 테니까 펼쳐 봐."

"여, 영광입니다!"

"영광까지야."

늘 냉소적이고 염세적인 예상후가 감격한 표정을 지었다.

이 정도면 특별대우나 마찬가지였기 때문이다.

주변의 아이들도 그리 생각하는지 눈빛과 표정에 부러움이 가득했다.

제79장 혼자 말고 함께

"그, 그럼 시작하겠습니다!"

"응."

하지만 기쁨은 잠시뿐이었다.

유하성이 멈췄다는 건 유심히 지켜보겠다는 걸 뜻했다.

그걸 뒤늦게 깨달은 네 명은 이내 바짝 얼어붙은 얼굴로 서로를 돌아봤다.

'이, 일이 이상하게 됐는데?'

'이미 늦었어. 돌이킬 수 없어.'

'하던 대로 하면 돼!'

'못하면 혼나면 돼. 단순하게 생각하자고.'

아직 전음을 주고받을 정도의 공력을 쌓지 못했기에 아이들이 할 수 있는 거라고는 눈빛 교환밖에 없었다.

그러나 죽마고우인 네 명에게는 눈빛만으로 충분했다.

"시, 시작하겠습니다!"

"그래. 마음 편히 해."

"최선을 다하겠습니다!"

말을 더듬는 허당천을 대신해 장일기가 호기롭게 소리쳤다.

사내대장부에게 있어 가장 중요한 건 자신감이었다.

잘하든 못하든 남자는 자신감과 배짱이 있어야 했다.

애초에 유하성도 높은 수준을 원하는 건 아닐 것이기에 장일기는 딱 한 가지만 생각했다.

'최선을 다하면 된다!'

물론 유하성을 실망시키고 싶지는 않았다.

이왕이면 잘해서 칭찬을 받고 싶었다.

하지만 냉정하게 말해서 넷 다 수준은 딱 평균이었다.

'그러니 할 수 있는 것만 하자. 더 욕심내지 말고.'

장일기는 빠르게 친구들에게 눈빛을 보냈다.

전음은 못 보내지만 마음과 결의만은 전달되기를 바라면서 말이다.

이윽고 네 사람이 각자 짝을 지어 태극진을 펼치기 시작했다.

유하성이 서 있어서 그런지 다른 아이들도 연습을 멈추고 구경을 했다.

네 소년의 실력이 어느 정도인지 보고자 했던 것이다.

다만 눈빛이 하나같이 강렬했다.

"차핫!"

"이얍! 찻!"

장일기와 친구들은 절대 무리하지 않았다.

또한 돋보이려고도 하지 않았다.

그저 담백하게 기본에 충실했다.

기교를 부릴 실력이 아니란 걸 누구보다 스스로가 잘 알아서였다.

"으악!"

"아그그그!"

그러나 안정적인 합격진은 오래가지 못했다.

대결하는 것도 아니고 단순히 같이 펼치는 것뿐인데도 경로가 겹치거나 완전히 어긋났다.

혼자 펼치는 게 아니기에 호흡이 잘 맞지 않는 것이었다.

하지만 그 모습에도 유하성은 빙그레 웃었다.

"잘하네."

"예?"

"연습 많이 했네. 따로 연습도 한 것 같은데?"

"그걸 어떻게?"

허당천의 두 눈이 얼굴처럼 동그래졌다.

설마하니 유하성이 한눈에 알아볼 줄은 몰라서였다.

"딱 보면 알지. 지금 너희들이 익히고 있는 태극진, 나도 함께 개량한 거야. 너희들이 지금 보여 주는 실수들 역시 나도 겪었던 거고."

"아."

이어지는 유하성의 말에 네 소년뿐만 아니라 주위의 다른 아이들도 눈을 반짝였다.

완벽할 것만 같은 유하성이 실수를 했다고 하자 신기하기도 하고 놀랍기도 했던 것이다.

"그러니까 실수하는 것에 부끄러워할 것도, 두려워할 것도 없어. 당연히 거쳐 가는 일이니까."

"네!"

"자! 모두 다시 시작하자!"

짝!

손뼉을 치며 분위기를 환기시킨 유하성이 다시 대연무장 곳곳을 누비기 시작했다.

아이들의 수련을 봐주며 이런저런 조언을 해 주었던 것이다.

그런데 쉴 새 없이 움직이고 말하는데도 유하성의 표정은 밝았다.

무당파의 미래라 할 수 있는 아이들의 열정을 가까이에서 느낄 수 있어서였다.

'천하제일문은 천하제일인이 있다고 해서 만들어지는 게 아니니까.'

유하성의 목표는 소림사를 넘는 것이었다.

원래는 명운의 염원이었으나 이제는 그의 목표가 되었다.

때문에 유하성은 멀리 보았다.

지금은 싹을 틔우는 심정으로 말이다.

유하성이 이대제자들과 속가제자들을 가르치느라 정신없는 사이 백현승도 바삐 움직이고 있었다.

정확하게는 곽두일과 함께 말이다.

"하하. 안녕하십니까. 대청표국의 백현승이라고 합니다."

"아! 복건성의?"

"맞습니다."

대연무장의 아이들은 무당산에 혼자 오지 않았다.

부모 혹은 조부모와 함께 무당산에 올랐고, 백현승의 목표는 바로 그들이었다.

지금은 비록 대청표국이 멸문한 상태지만 그렇다고 명맥이 끊어진 건 아니었다.

언젠가는 다시 복건성으로 돌아가 대청표국을 일으켜 세울 것이기에 백현승은 없는 시간을 쪼개서 원자배와 같은 배분의 속가제자들과 자연스럽게 인사를 나누었다.

"대청표국주의 일은 참 안되었소이다."

"그 친구가 그렇게 갈 줄은. 정말 좋은 친구였는데."

"어? 아버지를 아십니까?"

많은 이들이 방문한 만큼 백기륭을 기억하는 이들도 있었다.

그들의 자식들처럼 중년인들도 마찬가지로 어렸을 적에 무당산에 올라 수련했던 적이 있어서였다.

그렇다 보니 백기륭과 함께 수련했던 이들도 있었다.

"친한 사이는 아니었으나 오고 가며 인사 정도는 나누는 사이였소."

"말씀 편히 하시죠. 아버지와 같은 배분이시지 않습니까?"

백기륭을 기억해 주는 사람을 만나자 백현승의 얼굴이 밝아졌다.

그가 모르는 백기륭의 모습을 들을 수 있을 것 같아서였다.

더불어 궁금하기도 했다.

이들이 기억하는 부친의 모습이 말이다.

"흠흠!"

"그럴까?"

"예! 나이도 제가 한참이나 어리지 않습니까?"

백현승이 특유의 넉살로 분위기를 풀어 갔다.

아무래도 이런 부분은 어린 그가 먼저 운을 떼는 게 좋아서였다.

"그렇다면야. 근데 유 사숙께 가르침을 받는다는 소문이 있던데."

"사숙은 무슨! 얼굴 한번 보지도 못했으면서!"

"어허! 그래도 사숙은 사숙이지! 더욱이 같은 속가제자인데!"

친구 사이인 듯 편하게 큰소리를 치는 세 명의 모습에 백현승이 내심 웃었다.

역시나 자신에 대해서 알고 있는 듯해서였다.

하지만 그걸 이상하게 생각하지는 않았다.

굳이 눈앞에 있는 중년인들이 아니더라도 유하성에 대해 궁금해하는 사람들은 많았다.

'이렇게 덕만 봐서는 안 되는데 말이지.'

백현승은 문득 가슴이 답답해졌다.

정말 하나부터 열까지 유하성의 도움만 받는 것 같아서였다.

만약 유하성을 만나지 못했다면 그는 지금과 전혀 다른 삶을 살고 있었을 터였다.

어쩌면 땡전 한 푼 없이 뒷골목을 전전했을지도 몰랐다.

'지금은 이걸 생각할 때가 아냐.'

그러나 백현승은 이내 잡생각을 털어 냈다.

지금 중요한 건 이런 잡념이 아니었다.

이 자리에 찾아온 목적을 달성해야 했다.

'언제까지 도움만 받을 수는 없어.'

그가 수련시간을 포기하고 여기까지 온 데에는 분명한 이유가 있었다.

비록 지금 당장은 도움이 되지 않겠지만 나중에는 몰랐다.

어쩌면 포석이 될 수도 있기에 백현승은 웃으며 이런저런 대화를 이어 갔다.

중년인들이 원할 법한 이야기를 은근슬쩍 하나씩 풀면서 말이다.

"혹 연구동에 우리도 갈 수 있나?"

"꼭 한번 구경하고 싶은데 말이지. 그곳에서 무당파의 모든 무공들이 개량되고 있다던데."

"태극진도 연구동에서 재구성되었다고 들었어."

중년인들이 은근슬쩍 흑심을 드러냈다.

자식을 위해 무당산에 왔지만 그렇다고 유하성을 만나고 싶은 마음이 없는 건 아니었다.

기회가 없어서 이러고 있을 뿐 만날 수만 있다면 만나고 싶은 게 바로 유하성이었기에 셋 다 은근히 기대하는 표정을 지었다.

다른 사람도 아니고 유하성이 따로 챙긴다고 하는 백현승이었기에 어쩌면 다리를 놓아 줄지도 모른다는 생각이 들어서였다.

"제가 한번 여쭤는 보겠습니다. 하지만 크게 기대하지는 말아 주세요."

"정말 그래 줄 수 있나?"

"부탁하이! 내 평생의 소원 중 하나가 유 사숙님을 뵙는 것이라네!"

중년인들이 동시에 백현승의 손을 붙잡았다.

일이 생각지도 못한 방향으로 풀리는 것 같아서였다.

어떻게 보면 무당파의 장문인보다 만나기 힘든 게 유하성이었기에 세 명 다 눈을 반짝이며 잔뜩 기대했다.

"노력은 해 보겠습니다만, 아시지 않습니까? 형님께서 성격이 워낙 단호하셔서 싫다고 하시면 저로서도 별수 없습니다."

"알지, 당연히 알지! 그래도 말을 해 주는 게 어딘가? 안 그래?"

"물론이지! 그 말을 할 수 있는 제자도 몇 없는 마당에."

친구의 말에 중년인이 맞장구를 쳤다.

유하성의 처소와 연구동에 허락받지 않고 편하게 갈 수 있는 이는 무당파 내에도 몇 없었다.

일단 배분이 장로와 같았기에 웬만한 이는 섣불리 찾아갈 수도 없었다.

철면피를 깔고 몇몇 속가제자가 찾아갔다가 호되게 혼난 적이 있기에 그 후로 허락 없이 찾아가는 제자는 없었다.

"너무 기대하지는 마세요."

"우리로서는 말을 꺼내 주는 것만으로도 고맙지."

"맞아. 어쨌든 일말의 가능성이라도 있는 거니까."

"아예 불가능에서 조금은 가능성이 있는 걸로 바뀐 건데 엄청난 거지."

백현승으로서는 밑밥을 까는 것이었으나 세 중년인의 생각은 달랐다.

불가능하다고 생각했던 것에서 아주 조금은 가능성이 생겼기에 그것만으로도 감지덕지했다.

물론 백현승의 생각을 진즉에 꿰뚫어 보기도 했고 말이다.

"아버지에 대한 이야기를 들을 수 있을까요?"

"그 얘기를 깜빡했군. 벌써 십팔 년 전 이야기인데."

"난 이십오 년 전 이야기를 알고 있지."

"그만큼 백 표국주를 안 봤다는 얘기잖아?"

백현승이 운을 뗐음에도 불구하고 중년인들은 자기들끼리 아옹다옹했다.

그러나 백현승은 가만히 들었다.

대화 사이사이에 그가 알지 못하는 백기룡에 대한 이야기가 흘러나와서였다.

그래서 백현승은 조용히 아버지에 대한 이야기들을 경청했다.

"아, 안녕하세요?"

"우와!"

유하성의 손을 붙잡고 대연무장을 찾은 이소향이 어색하게 인사했다.

배분으로 따지면 사질이라고 할 수 있지만 자신보다 나이가 많은 언니, 오빠 들에게 초면부터 말을 놓기가 애매해서였다.

그런데 별거 아닌 이소향의 인사에도 분위기는 열광적이었다.

이렇게 직접 보는 건 처음이지만 이소향에 대해서는 모두가 알고 있어서였다.

"사질들인데 말을 편하게 해야지."

"어, 그게. 그러니까요……."

이대제자들까지 포함해 수백 쌍의 눈빛들이 자신에게 집중되자 이소향의 얼굴이 터질 것처럼 붉어졌다.

유하성의 말대로 사질들이라는 걸 알지만 말이 쉽사리 놓아지지가 않아서였다.

차라리 또래였다면 편하게 말을 했을 텐데 속가제자들 중에 나이가 많은 이들은 백현승의 또래도 있었다.

"하하하."

"우리 사매에게 이런 모습이 있을 줄은 몰랐네."

"근데 너무 귀여운걸요."

반면에 유하성과 함께 대연무장을 찾은 원호와 원상, 원경의 눈에서는 꿀이 떨어졌다.

막내 사매인 이소향이 너무나 귀여워서였다.

처음 봤을 때에 비하면 많이 자라기는 했으나 여전히 애티가 짙게 남아 있었기에 세 사람은 금방이라도 이소향을 안아 올릴 것처럼 팔을 들썩였다.

"나이 어리다고 만만하게 보는 녀석들은 없겠지?"

"무, 물론입니다!"

"사고를 깍듯하게 모시겠습니다!"

원호의 표정이 삽시간에 바뀌었다.

애정 가득한 눈빛으로 이소향을 바라보던 그는 호랑이처럼 사나운 눈을 하고는 이대제자들과 속가제자들을 노려봤다.

확연히 다른 눈빛이었으나 누구도 감히 그 점을 지적하지 못했다.

"좋아. 바로 그 자세야. 나이는 어려도 사고는 사고지. 배분은 반드시 지켜져야 하는 법! 만약 이걸 어기는 놈이 있다면 내가 절대 가만두지 않을 것이야!"

원호가 사자후를 토해 내듯 진심을 담아 소리쳤다.

순간 자기도 모르게 본심이 가득 담겼던 것이다.

그리고 깜빡했다.

옆에 유하성이 있다는 사실을 말이다.

"원호야."

"헉!"

그걸 뒤늦게 깨달은 원호가 식겁한 표정을 지었다.

그래서 그는 유하성의 눈치를 살폈다.

"마음은 알겠는데, 적당히 해."

"예, 옙!"

이대제자들과 속가제자들에게는 더없이 무서운 원호였으나 유하성의 앞에서는 순한 양이 따로 없었다.

일단 배분도 배분이지만 첫 만남 때의 실수가 아직도 기억에 선명하게 남아 있어서였다.

짝짝!

"자, 다들 수련 시작해!"

손뼉을 치는 것과 함께 오늘 순번의 일대제자들이 빠르게 흩어졌다.

각자 자리를 잡고 이대제자들과 속가제자들이 수련하는 걸 도와주기 위해서였다.

자세교정을 비롯해서 초식과 투로에 대해서도 일대제자들은 아낌없이 조언했다.

"헤에."

한순간에 완전히 달라진 분위기에 여전히 유하성의 손을

붙잡고 있던 이소향이 놀랐다.

장난기라고는 전혀 없는, 진지한 제자들의 모습에 놀란 것이었다.

함께 무당산에 온 아이들도 수련할 때는 집중하는 모습을 보여 주었지만 여기 있는 제자들과는 비교할 수 없었다.

그 정도로 이대제자들과 속가제자들이 보여 주는 집중력은 놀라웠다.

"많이 다르지?"

"네. 눈빛부터가 완전히 달라요. 언니, 오빠 들도 수련할 때는 정말 열심히 하는데."

"마음가짐은 비슷할지 몰라도 수련해 온 시간은 몇 배나 차이가 나니까. 나이는 비슷해도 말이지."

유하성이 생각하기에 각오나 마음가짐은 수용소 출신의 아이들도 뒤지지 않았다.

그러나 쌓아 온 시간과 방향 자체가 완전히 달랐다.

수용소 출신의 아이들이 생존하기 위해서 무공을 선택했다면 이대제자들과 속가제자들은 무공이 삶의 전부였다.

그렇다 보니 차이가 당연히 있을 수밖에 없었다.

"앞으로 소향이가 평생 볼 이들이기도 하고. 속가제자들은 자주 보기 힘들겠지만 강호를 종횡하다 보면 우연히 만나는 경우가 꽤 많을 거야. 어쩌면 도움을 받을 수도 있고."

"반대로 제가 도와줄 수도 있을 테고요."

"맞아. 어떻게 보면 소향이와 같은 시대를 살아갈 이들이지. 배분은 소향이가 높지만 말이야."

"조금 부담스러워요."

이소향이 고개를 푹 숙였다.

아직도 사실 적응이 되지 않았다.

일대제자들이 사매라 그러는 건 이제 어느 정도 적응이 되었다.

들을 때마다 기쁘기도 했고.

그러나 사고라는 신분은 어색했다.

나이 많은 오빠들, 언니들, 그리고 친구들이 깍듯하게 대하는 게 말이다.

"배분이 조금 꼬인 건 사실이지만, 어쩔 수 없지. 이런 경우가 흔치 않은 것도 아니고. 구파일방에서는 의외로 빈번하게 일어나는 일이거든."

"그런가요?"

"응. 그리고 살다 보면 자연스럽게 적응이 된단다."

"꼭 하대를 해야 하나요?"

이소향이 고개를 살며시 들어 올렸다.

그러자 유하성은 싱긋 웃었다.

"물론 아니지. 소향이가 편한 대로 하면 돼. 그거 가지고 뭐라 할 사람은 없으니까."

"맞아. 반대로 저 아이들이 사매에게 반말을 하면 문제가 되지만. 사매에게는 선택권이 있지만 이대제자나 저 아이들에게는 없거든."

유하성에 이어 원상이 은근슬쩍 대화에 참여했다.

이런 문제는 초반에 확실하게 해 두는 게 좋아서였다.

물론 적응이 쉽게 되지는 않을 터였다.

이소향에게 이런 경험은 처음일 테니까.

"맞아. 나중에 친해지더라도 존칭은 필요하지."

"그러니까 어렵게 생각할 거 없어. 시간이 지나면 자연스럽게 익숙해질 거야. 반대의 경우가 생길 수도 있고."

"저보다 어린 사숙이요?"

이소향의 눈이 살짝 커졌다.

자신의 경우도 있기에 꼭 불가능하지만은 않을 것 같아서였다.

"맞아. 흔치 않은 경우기는 하지만 아예 없는 건 또 아니거든."

"지금 명천 사백을 보면 가능할 것도 같고."

"그럼 막내에서 탈출하시는 거네요."

"나야 좋지."

유하성이 씨익 웃었다.

나이 서른셋에 막내 대우는 조금 그랬다.

그리고 그는 어린 사제도 괜찮았다.

옆에 있는 원상이나 원호, 원경에게나 안 좋았지.

"난 반대. 나이 어린 사숙이 생기는 거잖아?"

"만약에 그렇게 된다면 저도 좀."

농담으로 받아들이는 원상과 달리 원호와 원경은 진지했다.

유하성의 말마따나 요즘 이소향을 대하는 명천의 모습을 보면 새로 제자를 들이는 게 가능할 것 같아서였다.

그리고 그건 달리 말하면 한참이나 어린 사숙을 모셔야 한다는 뜻이기도 했다.

"뭘 벌써부터 진지하게 생각하고 있어? 벌어지지도 않은 일을."

"벌어질 수도 있지. 여기 있는 애들 중에 마음에 드는 아이가 생길 수도 있잖아? 꼭 명천 사백조님이 아니더라도."

"그럴 수도 있겠지. 하지만 그건 우리가 어쩔 수 없는 문제야. 저기 저 아이들처럼."

"끄응!"

논리정연한 원상의 말에 원호가 앓는 소리를 냈다.

마음에 들지는 않지만 맞는 얘기였다.

그는 일대제자였지만 그렇다고 원로라 할 수 있는 명자배들의 결정에 왈가왈부할 자격은 없었다.

"대화는 그만하고, 얼른 애들 봐줘."

"예!"

"알겠습니다!"

대화가 길어지는 듯하자 유하성이 적당히 끊었다.

진산제자들은 몰라도 속가제자들에게는 평생의 단 한 번뿐인 시간이었다.

그렇기에 유하성은 그 시간을 허투루 보내서는 안 된다고 생각했다.

"소향이는 일단 지켜봐."

"같이 수련해야 하는 거 아닌가요?"

"그래도 되는데, 지금은 일단 봐 봐. 지금 같이하면 속가제자들이 불편해할 수도 있거든."

"아."

이소향이 고개를 주억거렸다.

자기 입장만 생각했다는 걸 깨달은 표정이었다.

"그리고 다른 사람의 무공을 보는 것도 공부가 된단다."

"네! 집중해서 볼게요!"

이제는 제법 커진 주먹을 여전히 옴팡지게 쥐며 이소향이 야무지게 대답했다.

그 모습에 유하성이 빙그레 웃었다.

"이제 슬슬 태극진을 익힐 때도 되었으니 지켜보는 게 큰 도움이 될 거야."

"드디어 저도 입문하는 건가요?"

"배우는 게 그리 어렵지는 않을 거야. 태극권의 성취만 보면 여기 있는 아이들 중에 소향이가 제일 뛰어나니까. 그런데 머리로 아는 것과 몸으로 펼치는 건 의외로 간극이 크거든. 그걸 감안하며 지켜보면 느끼는 게 많을 거야."

"네!"

이소향이 고개를 크게 끄덕거렸다.

머리로 이해한 걸 몸으로 표현하는 게 어렵다는 걸 이제는 잘 알아서였다.

분명 자신은 제대로 초식을 펼친다고 생각했는데 몸은 아니었다.

몸이 머리를 따라가려면 부단한 노력이 필요하다는 걸 잘 알았기에 이소향은 눈을 부릅뜨고서 이대제자들과 아이들이 수련하는 걸 지켜봤다.

"으헉!"

"야! 내 경로를 막으면 어떡해!"

"아니거든! 내 경로를 막은 건 너거든!"

"뭐야!"

얼마 안 가 대연무장이 시끄러워졌다.

친한 만큼 성질도 편하게 부렸던 것이다.

처음에는 유하성의 눈치를 보느라 누구도 큰소리를 내지 않았지만 몇 번의 의견충돌이 있은 후 지금의 상태가 되었다.

유하성도 딱히 말릴 생각이 없었고 말이다.

"괘, 괜찮은 건가요?"

이소향의 시선이 장일기 일행에게로 향했다.

가깝기도 했거니와 네 명의 목소리가 제일 커서였다.

당장 멱살이라도 잡을 것 같은 분위기에 이소향이 깜짝 놀라며 유하성을 올려다봤다.

"괜찮아. 의견조율 중에 목소리 높아지는 건 흔한 일이니까."

"연구동은 안 그러는데요."

"그거야 다들 나이가 있으시니까. 물론 점잖지 않은 분도 계시긴 하지만."

유하성이 피식 웃었다.

꼬장꼬장한 성격의 장일덕이 떠올라서였다.

그래도 처음 만났을 때에 비하면 지금은 많이 유해졌다.

이소향이 온 뒤로는 더욱 유순해졌고 말이다.

"야! 목소리 낮춰! 사고께서 지켜보고 계시는데 언제까지 못난 꼴을 보일 거야!"

"흡!"

"헉!"

대수롭지 않아 하는 유하성과 달리 이소향의 얼굴에는 여전히 염려하는 기색이 서려 있었다.

그걸 가장 먼저 발견한 예상후가 낮은 목소리로 으르렁거렸다.

좋은 모습을 보여 줘도 모자랄 판에 자중지란을 일으키니

열불이 치솟은 것이었다.

하지만 친구들도 할 말은 있었다.

"너도 큰소리 냈잖아……!"

"우리만 소리쳤어……?!"

이소향이 똘망똘망한 눈으로 지켜보고 있기에 허당천과 장일기도 목소리를 최대한 낮추며 말했다.

그러나 살벌한 기세는 고스란히 전달되었다.

여전히 이소향이 지켜보고 있기에 얼굴은 미소를 띠고 있었으나 눈빛은 정반대였다.

"자자, 그만들 싸우고 다시 시작하자. 어제보다 나은 모습을 보여 드려야지."

"맞아. 기대 이상을 보여 드리진 못해도 실망을 드리면 안 되지."

"정신 바짝 차리고 하자!"

"네가 제일 문제야."

"뭐야!"

가까스로 담승수가 수습했던 분위기가 단숨에 박살 났다.

그런 친구들의 모습에 담승수는 깊은 한숨을 내쉬었다.

"역시 젊어. 힘이 넘치는구먼."

"젊다기보다는 어리죠."

"내 나이쯤 되면 그게 그거야. 나한테는 열 살이나 스무 살이나 다 핏덩이지."

등 뒤에서 들려오는 익숙한 음성에 유하성이 몸을 돌렸다.

그리고 그건 이소향도 마찬가지인지 환하게 웃으며 도도도 뛰어갔다.

"할아버지!"

"어이쿠, 녀석! 이 할아비 넘어지겠다. 이제는 무거워서 뛰어오면 버티기 힘들어."

"죄, 죄송합니다!"

"그렇다고 사과할 것까지는 없고. 대신 천천히 뛰어와서 안겨."

"네!"

장일덕이 눈가에 깊은 주름을 만들며 웃었다.

말은 까칠하게 했지만 그는 연구동의 누구보다 이소향을 아꼈다.

손녀와 비슷한 또래이기도 했고.

"나는 안 보이는 모양이구나."

"아니에요, 할아버지!"

"허허허허."

장일덕과 함께 대연무장을 찾은 명견이 헤벌쭉 웃었다.

매일 보지만 그렇다고 반가운 마음이 옅어지지는 않았다.

오히려 매일 보기에 명견은 행복했다.

"오시느라 고생하셨습니다."

"고생은 내가 했지. 이 나이에 동생을 부축해야 한다니."

이소향과의 인사가 끝나고서야 입을 여는 유하성을 향해 장일덕이 툴툴거렸다.

부축을 받아도 모자랄 판에 자신이 부축을 하고 있어서였다.

그러나 투덜거리는 말투와 달리 표정에는 귀찮은 기색이 전혀 없었다.

"허허. 형님께서 고생을 하셨네. 그래서 나는 안 오려고 했는데."

"왜 안 와? 이렇게 대규모로 태극진을 연습하는 걸 볼 기회가 얼마나 있다고. 더욱이 우리가 만든 건 어른용이지 아이용이 아니니까. 그 간극을 확인하기 위해서라도 두 눈으로 꼭 봐야 해."

"저도 잘 오셨다고 생각합니다. 돌아가실 때는 원경을 붙여 드리겠습니다."

유하성이 말을 이었다.

다른 이들이 생각하기에는 굳이 어른용과 아이용으로 세분화할 필요가 있겠느냐고 따지겠지만 유하성의 생각은 달랐다.

사소한 차이가 나중에는 큰 결과를 만든다는 걸 잘 알았기에 번거롭지만 할 수 있다면 해야 한다는 쪽이었다.

다른 무문들과 무가들이 하지 않을수록 더더욱 할 필요가 있었다.

"거봐. 이놈도 같은 생각이잖아."

"소향이가 보고 있습니다."

"흠흠! 이 녀석도 같은 생각이잖아."

점잖은 명견의 지적에 장일덕이 빠르게 말을 바꿨다.

제아무리 꼬장꼬장한 성격의 그도 자식이 있었고, 손녀가
있었다.

그렇기에 장일덕은 군말 없이 단어를 조정했다.

사랑스러운 아이이니만큼 좋은 것만 보고 좋은 것만 듣게
하고 싶었다.

"헤헤헤."

그런 장일덕의 모습에 이소향이 다가가 포옥 안겼다.

자신을 위해서 말을 바꾼 것을 잘 알아서였다.

"크흠! 힘! 덥다! 이만 떨어져!"

"조금만 더 안길래요. 안아 주세요."

"에잉! 이제 일곱 살이나 먹은 게."

나무라듯 말했으나 장일덕의 두 팔은 자연스럽게 이소향
의 등을 감싸고 있었다.

말과 달리 따뜻하게 안아 주었던 것이다.

스스스슥! 쿵!

그러는 사이 대연무장에서는 여전히 쉴 새 없이 충돌이 일
어나고 있었다.

합격진을 잘 펼치다가도 잠시 방심한 순간 부딪쳤다.

지금은 겨루는 것도 아닌데 말이다.

"흐음."

"허어. 난장판이로고."

그 광경에 눈을 빛내는 명견과 달리 직설적인 장일덕은 혀를 찼다.

보면 볼수록 가관이어서였다.

하지만 그럼에도 장일덕의 두 눈은 날카롭게 번뜩이고 있었다.

명견과 마찬가지로 아이들의 움직임을 예의주시하는 것이었다.

"많이 안 좋은 건가요?"

"시행착오는 겪을 수밖에 없어. 오히려 많은 실수와 실패를 겪는 게 성공에는 더 좋단다."

"저처럼요?"

"소향이는 조금 다르지. 실수는 많이 해도 실패하지는 않으니까."

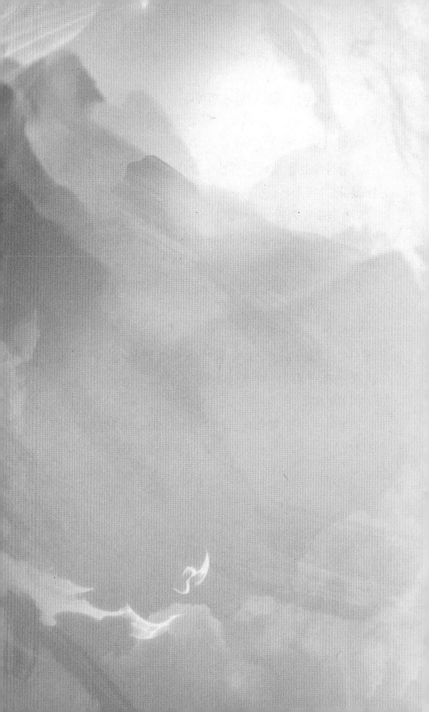

제80장 무명을 날린다는 건

어느새 조르르 다가온 이소향의 머리를 쓰다듬으며 유하성이 고개를 돌렸다.

여전히 티격태격하며 태극진을 펼치는 사인방에게로 말이다.

네가 실수했네, 나는 잘했네, 하면서도 장일기 일행은 조금도 쉬지 않았다.

쉴 새 없이 놀리는 입처럼 두 다리와 두 팔도 끊임없이 움직이고 있었다.

"실수를 많이 하기는 하죠."

"근데 그건 다 그래. 나도 마찬가지였고."

유하성이 빙긋 웃었다.

굳이 의기소침해할 필요는 없다고 생각해서였다.

벅벅!

한편 옆에 나란히 서 있던 장일덕은 머리를 거칠게 긁었다.

아무래도 머리가 복잡한 모양이었다.

반면에 명견은 무엇을 생각하는 것인지 눈 한 번 깜빡이지 않고 집중하고 있었다.

"사부님도요?"

"응. 나라고 완벽한 건 아니지만. 오히려 수많은 실패를 경험한 덕분에 지금의 내가 있다고나 할까. 아마 모든 무인들이 비슷할 거야. 그래서 정신적인 부분이 어떻게 보면 육체보다 더 중요하기도 해. 근골이 아무리 뛰어나도 그걸 십분 활용할 정신력이 없으면 무용지물이니까. 물론 육체적인 부분이 너무 떨어져도 대성하기 힘들지만. 중요한 건 균형이지."

"균형."

이소향이 말을 곱씹었다.

속으로 반드시 유하성이 만족할 만한 경지에 오르겠다고 다짐하면서 말이다.

"흐음."

한편 유하성은 태극진을 연습하는 아이들을 보며 미간을 좁혔다.

불만족스러워서가 아니라 생각할 게 많아서였다.

무공을 체득하는 것과 마찬가지로 합격진 역시 머리로 생각한 것과는 많은 게 달랐다.

특히 어른이 아니라 아이들이 펼치기에는 여러 가지 문제점을 가지고 있었다.

'기본 틀은 유지하면서 조금씩 바꾸면 돼. 일단 기본형에 익숙해지면 변형된 것에 적응하는 건 쉬우니까. 그리고 단순해야 변형 역시 다양해지는 법이고.'

명견, 장일덕과 마찬가지로 유하성의 머릿속에서 태극진이 수없이 반복되기 시작했다.

두 눈을 통해 직접 보이는 태극진은 물론이고 유하성이 새로이 변형시킨 태극진이 끊임없이 이어졌다.

그중 대부분은 현재 아이들의 수준으로 펼칠 가능성은 희박했으나 유하성은 일단 자유롭게 생각했다.

굳이 틀을 정해 한계를 만들고 싶지는 않아서였다.

"흐으으음."

깊은 생각에 빠진 유하성을 힐끔 쳐다본 이소향은 다시 고개를 돌렸다.

사부를 방해해서는 안 된다고 생각해서였다.

그리고 아직 정식으로 배우지는 않았으나 태극진을 눈에 익혀 둘 필요가 있었다.

더욱이 자신은 습득이 느린 편이었기에 다른 이들보다 배는 노력해야 했다.

'나는 더 열심히 해야 해.'

나이는 어리지만 무당파 내에서는 자신이 어른이었다.

그 말은 저기 보이는 이대제자, 속가제자 들보다 무공도 잘하고 모범을 보여야 한다는 뜻이었다.

솔직히 자신은 없었다.

스스로 생각하기에 재능이 뛰어난 편은 아니라고 생각해서였다.

하지만 해내야 했다.

다른 이도 아니고 유하성의 유일한 제자이니만큼 사부의 이름에 먹칠을 해서는 안 되었다.

'아직까지는 나 혼자뿐이지만.'

이소향은 내심 마음의 준비를 하고 있었다.

언젠가는 자신에게도 사제가 생길 거라고 말이다.

그러니 그때까지는 자신이 최선을 다해야 했다.

"어후. 아이고. 얼씨구?"

귀로 들려오는 장일덕의 불만 가득한 추임새를 들으며 이소향은 각오를 다졌다.

그날이 오기 전까지는 유하성의 이름에 누를 끼치지 않겠다고 말이다.

武當霸王
무당
패왕

"여어~!"

"이제는 문도 안 두드리냐?"

"아, 안 두드렸나? 그럼 지금이라도 두드리지 뭐."

이춘상이 능청스럽게 웃으며 문을 두드렸다.

그런데 보통은 문밖에 서서 두드리는데 이춘상은 역시나 평범함을 거부했다.

먼저 방 안으로 들어와서는 안쪽의 문을 두드렸던 것이다.

"참나."

"어차피 나란 거 알고 있었잖아? 내가 기척을 숨긴 것도 아니고 기운을 갈무리해도 너는 귀신같이 알아차릴 텐데."

"그렇긴 하지."

"그렇다고 네가 여자랑 있는 것도 아니잖아? 이 작은 집에서 소향이랑 단둘이 같이 살면서."

"소향이가 있으니까 더 조심해야지."

유하성이 헛웃음을 흘리며 말했다.

자신이야 괜찮지만 이소향은 아니었다.

더욱이 철이 일찍 든 걸 생각하면 사춘기 역시 빨리 올지 몰랐다.

"이제 겨우 일곱 살인데?"

"사춘기가 빨리 올 수도 있지."

"흐음. 일리가 있어."

자기 집 안방이라도 되는 것처럼 이춘상이 유하성의 앞에 털썩 주저앉았다.

그러고는 턱을 쓰다듬었다.

유하성의 말도 일리가 있어서였다.

"그러니까 조심해. 소향이에게 안 좋은 영향을 끼치면……."

"알았다, 알았어. 잘 알겠으니까 그만 노려봐."

이춘상이 기겁한 표정을 지었다.

지그시 노려보니 오금이 저려 와서였다.

"근데 슬슬 총타로 갈 때 되지 않았어? 벌써 이 년 넘게 무당산에 머물고 있잖아."

"괜찮아, 괜찮아. 오히려 사부님은 좋아하시던데. 싸돌아다니며 시간 낭비하지 않고 콕 박혀서 수련만 하고 있다고. 그렇다고 내가 일을 안 하는 것도 아니고. 거기다 너에게도 도움이 되잖아?"

"그런가?"

유하성이 고개를 갸웃거렸다.

번천회와의 전쟁 때는 확실히 도움이 되었지만 지금은 딱히 동의하기가 애매해서였다.

"허어! 복건성의 정세를 주기적으로 알아봐 주는 게 누구인데!"

무당
패왕

"비청당도 하고 있지."

"나 덕분에 보다 더 정확하게 알 수 있는 건 맞잖아?"

"그건 인정."

이번에는 유하성도 순순히 인정했다.

하지만 이춘상은 만족스럽지 않은 모양인지 얼굴 가득 못마땅한 표정을 지었다.

"뽑아 먹을 거 다 뽑아 먹었으니 이제는 버리려는 건가. 내가 토사구팽을 당할 줄이야."

"토사구팽이라니. 미안해서 그러지."

"미안한 마음은 있고?"

"당연히."

"허! 어째 나이가 들수록 더 뻔뻔해지는 것 같다?"

이춘상이 헛웃음을 흘렸다.

처음에는 안 이랬던 거 같은데 시간이 흐를수록 얼굴에 철면피를 까는 듯한 느낌이었다.

"내가 고맙다는 말은 자주 했던 거 같은데."

"그랬었나?"

"너야말로 나이를 먹을수록 깜빡깜빡하는 거 아냐?"

"그럴 리가. 내 뇌는 아직도 소년 시절과 변함이 없어. 순수하고, 아주 깨끗하며, 건강하지."

아주 당당하게 헛소리를 하는 이춘상의 모습에 유하성은 입을 다물었다.

이럴 때는 상대해 주지 않는 게 상책이라는 걸 경험으로 잘 알아서였다.

그러면서 한편으로는 참 일관성이 있는 친구라고 생각했다.

벌써 삼 년째 보는데 정말 한결같은 친구였다.

또르륵.

아예 상대해 주지 않겠다는 듯이 유하성은 차호를 들어 삼매진화의 수법으로 차를 적당히 데워서는 자신의 찻잔에 차를 따랐다.

그러자 어깨를 한껏 으쓱거리던 이춘상이 슬그머니 말을 이었다.

"나도 한 잔 줘."

"요즘 심심해하는 것 같은데."

"그럴 리가. 정신없이 바쁘다. 누구 때문에 가랑이가 찢어지기 직전이거든."

무슨 소리냐는 듯이 이춘상이 검지를 활짝 펼쳐서는 좌우로 크게 흔들었다.

오히려 한가했으면 좋겠다는 표정으로 말이다.

"그 '누구'가 왠지 나 같은데?"

"이럴 때만 눈치가 비상하지? 다른 일에는 무감각하고."

"그럴 리가."

"일례로 네 명의 소저들이 있지."

후르릅.

유하성은 차를 들이켰다.

불리한 대답을 하느니 차라리 안 하겠다는 의지였다.

"오히려 한적하니 아주 좋아. 소향이를 보지 못하는 건 아쉽지만."

"오늘은 수다를 떨러 온 거야?"

"그것도 있지만 다른 이유가 있지."

탁!

이춘상이 히죽 웃으며 탁자를 내리쳤다.

그러고는 아주 음흉한 미소를 머금었다.

"뭔데?"

"날아오를 준비를 하는 건 무당과 개방뿐만이 아니거든. 아, 화산도 추가."

"그거야 당연하겠지. 번천회로 인한 피해가 상당할 테니까. 당장 우리만 하더라도 내외적으로 피해가 커."

"무당파 정도면 양호한 정도지. 형산파는 멸문에 가까운 피해를 입었는데."

"그래서 하고 싶은 말이 뭐야?"

탁.

유하성이 찻잔을 내려놓으며 물었다.

평소와 달리 사설이 길어서였다.

"슬슬 올 때가 되었는데."

"누가?"

똑똑똑.

이춘상의 의미심장한 미소가 절정에 달할 때 누군가가 문을 두드렸다.

바로 원상이었다.

"사숙. 저 원상입니다."

"들어와."

"예."

문이 열리며 원상이 안으로 들어왔다.

그런데 이춘상은 마치 원상이 찾아온 이유를 알고 있다는 표정이었다.

"오늘은 대연무장에 안 간 모양이네?"

"개인적으로 할 일이 있었습니다. 그러다가 사숙께 손님이 찾아왔다고 해서 제가 소식을 전하려고 왔습니다."

"손님?"

"생각지도 못한 손님이지."

의아한 표정을 짓는 유하성을 보며 이춘상이 재미있다는 표정을 지었다.

한데 원상도 만만치 않았다.

이춘상의 이런 모습에도 놀라지 않았던 것이다.

"이 소협께서는 역시 알고 계셨던 모양이군요."

"당연하지. 경로만 보면 딱 목적지가 보이거든. 화산파의

武當霸王
무당패왕

일도 있고. 사실 늦은 감이 있지. 이 몸도 이곳에 있는데."

이춘상이 한껏 거만한 표정을 지었으나 원상은 물론이고 유하성도 딱히 반응하지 않았다.

이런 자화자찬은 이제 익숙해져서였다.

실력을 생각하면 이러는 것도 이상하지는 않았고.

"누군데?"

"점창파와 종남파의 후기지수들이 본 산을 방문했습니다."

"정확하게는 두 곳의 대제자들이지. 인원은 합쳐서 열 명 정도? 화산파에 비하면 얼마 안 돼."

이춘상이 부연설명을 했다.

균현 인근에 도착해서야 파악한 비청당과 달리 이춘상은 진즉부터 이들의 행적을 알고 있었다.

"여긴 왜 오는 거야?"

"그야 화산파와 같은 이유이지 않을까?"

"하긴. 못 올 곳은 아니지."

"화산파와 현광의 소식도 들었을 테니까. 못 먹는 감 찔러나 보려고 오는 걸 수도 있고."

"대제자들이면."

유하성이 고개를 주억거렸다.

같은 무인으로서 어느 정도는 이해할 수가 있어서였다.

물론 그렇다고 해서 그들이 바라는 대로 움직여 줄 생각은 없었다.

아주 조금 생각이 바뀌기는 했지만 말이다.

"우리보다는 못하지만 원일 진인도 어디 가서 깨지는 실력
자는 아니니까. 연구동에서 함께 수련하면서 상당히 발전하
기도 했고."

"어디쯤인데?"

"지금 막 산문을 넘었을 겁니다. 해 질 녘에 균현에 도착
했다면 모를까 지금 시간에 굳이 균현에서 하룻밤을 보낼 필
요는 없으니까요."

"요즘 이런저런 일로 바쁘긴 하지."

다른 곳도 아니고 호북성에서 개방보다 파악이 늦었지만
유하성은 이해했다.

대부분의 인력이 이대제자와 속가제자 들에게 집중되어
있음을 잘 알아서였다.

보아하니 점창파와 종남파에서도 먼저 연락을 하지 않은
듯했고.

"곧장 이곳으로 온 모양인데?"

"그러네."

유하성의 고개가 창밖으로 향했다.

이춘상과 마찬가지로 이곳을 향해 다가오는 기척을 느낀
것이었다.

"성격도 급해라. 아무리 그래도 장문인께 인사는 드리고

와야 하거늘."

"장문사형도 바쁘시다."

"아, 그런가?"

이곳에서 이춘상은 엄연히 객의 위치였다.

문파 내부의 사정에 대해서는 깊게 알 수 없었기에 그러려니 했다.

그사이 경내를 가로지른 무리가 이내 연구동 입구에 모습을 드러냈다.

"일단 나가 보자고. 손님이 왔으니."

"이러다가 나머지 구대문파도 다 오는 건 아닌지 모르겠네."

이춘상이 귀찮다는 듯이 중얼거렸다.

하지만 말투와 달리 이춘상의 눈은 반짝거리고 있었다.

"처음 뵙겠습니다. 점창의 상조영이라고 합니다."

"종남의 송일섭입니다. 연락도 없이 갑자기 찾아와서 놀라셨죠? 죄송합니다."

유하성과 이춘상이 밖으로 나오기 무섭게 비슷한 연배로 보이는 두 사람이 다가와 인사했다.

둘 다 정중하게 먼저 인사해 오며 사과까지 했던 것이다.

그 모습에 유하성이 내심 살짝 놀랐다.

"원래는 생각을 안 하고 있었는데 호북성에 왔는데 무당산에 들르지 않는 것도 이상해서 저희들도 갑자기 결정하게 되었습니다."

"흐음. 그래요?"

즉흥적으로 결정된 사안이라는 듯이 말하는 두 사람을 향해 이춘상이 묘한 미소를 머금었다.

마치 둘의 생각을 다 알고 있는 것처럼 말이다.

그 의미심장한 표정에 상조영과 송일섭이 어색하게 웃었다.

"무, 물론입니다."

"저희가 그렇게 경우 없지는 않습니다. 다만 근처에 온 김에 인사라도 나누고 가는 게 맞다고 생각해서 들른 것입니다. 번천회와의 전쟁 당시 중원수호맹의 총단에서 지나가다 마주친 적은 있어도 직접적으로 인사를 나누지는 못했으니까요."

"그렇긴 하죠."

유하성이 고개를 끄덕였다.

이렇게 보니 기억이 났다.

중원수호맹의 총단에서 지나가다가 마주쳤던 기억이 말이다.

하지만 전시 상황이었기에 따로 인사를 주고받지는 못했

었다.

"혹시 기억하십니까?"

"예. 대회전 전날이었었죠?"

"맞습니다!"

두 사람의 동공이 확대되었다.

설마하니 유하성이 기억하고 있었을 줄은 몰라서였다.

"이제야 정식으로 통성명을 하게 되네요. 유하성입니다."

"환대해 주셔서 감사합니다. 사실 느닷없이 방문한 거라 내심 걱정하고 있었거든요."

"문전박대도 각오하고 온 거라."

냉대까지는 아니더라도 쌀쌀맞게 대할 거라 예상했던 두 사람이었다.

그런데 분위기가 나쁘지 않자 상조영과 송일섭의 표정이 밝아졌다.

덩달아 함께 온 점창파와 종남파의 제자들도 한시름을 놓았다.

"이곳에는 어쩐 일로 오셨습니까?"

그러나 안도하기는 일렀다.

인사가 끝나기 무섭게 유하성이 용건을 물었던 것이다.

"솔직히 말씀드리면 앞서 방문했던 화산파와 같은 이유로 찾아왔습니다."

"역시 그렇습니까."

"물론 지금 당장 바라는 건 아닙니다. 다만 솔직하게 말은 해야 할 것 같아서요."

상조영이 어색하게 웃으며 말을 이었다.

그도 점창파에서는 무소불위에 가까운 힘을 가진 대제자였으나 이곳에서는 아니었다.

일단 배분도 유하성이 높을뿐더러 실력은 더더욱 비교하기 힘들었다.

더욱이 아쉬운 쪽은 그와 점창파였기에 유하성의 눈치를 볼 수밖에 없었다.

"감사합니다. 솔직하게 말씀하시기 쉽지 않으셨을 텐데."

"아닙니다. 무작정 찾아왔는데 당연히 있는 그대로 말씀드려야지요. 저희는 무도한 이들과 다릅니다."

"종남파도 마찬가지입니다."

무당파와 개방, 화산파에 비하면 많은 점에서 부족한 점창파와 종남파였으나 두 곳 역시 구파일방의 한자리를 당당히 차지하고 있는 명문대파였다.

그렇기에 사문에 대한 자부심이 있었다.

때문에 눈치를 볼지언정 비굴하게 굴지는 않았다.

"여기까지 오시느라 고생하셨을 텐데 우선 짐부터 푸시죠."

"알겠습니다."

"원상아. 네가 숙소로 안내 좀 해 다오."

"예."

유하성의 성격을 익히 알고 있었기에 상조영이나 송일섭은 당장 비무를 할 수 있을 거라고 기대하지 않았다.

아예 기대를 안 한 건 아니지만 희박하단 걸 알고 있었다.

그렇기에 그의 축객령에도 당황하지 않았다.

오히려 나쁘지 않은 분위기에 내심 안도했다.

"이따 뵙겠습니다."

"예."

물론 그렇다고 해서 쉽게 포기하지는 않았다.

마지막까지 여지를 남겨 두었던 것이다.

그런 상조영의 모습에 조용히 지켜보던 이춘상이 피식 웃었다.

짧은 대화였지만 어떤 성격인지 알 수 있어서였다.

"잔머리가 상당한데."

"너만 할까."

"나는 독보적인 수준이고. 난 우리 사부님도 인정한 머리거든."

"인정."

"그나저나 조용할 날이 없네."

원상을 따라 이동하는 상조영과 송일섭 일행을 바라보며 이춘상이 기지개를 켰다.

좀 조용해지나 싶었는데 역시나 연구동은 바람 잘 날이 없었다.

"시끄러우면 떠나면 돼. 절이 싫으면 중이 떠나야지."

"여기는 절도 아니고 나도 중이 아니니 더 있으련다. 아직 올해 목표를 이루지 못했거든."

"목표?"

"응. 올해 안에는 꼭 이루고 싶은 목표가 있다. 그거 이루기 전까지 하산은 없다!"

"……그래."

무슨 말을 해도 자기 하고 싶은 말만 할 게 분명했기에 유하성은 몸을 돌렸다.

이왕 나온 김에 대연무장에 가서 아이들을 봐줄 생각이었다.

성장세가 가파르지는 않지만 모두 조금씩 성장하고 있었다.

태극진의 경우 점차 손발이 맞아 가고 있었고.

"어? 어디 가? 하성아!"

"……."

혼자만의 생각에 빠져 있는 사이 어느새 꽤나 멀어진 유하성과의 거리에 이춘상이 퍼뜩 놀라며 소리쳤다.

그러나 유하성은 대답하지 않고 갈 길을 갔다.

점창파와 종남파의 제자들은 하루에 한 번씩 연구동을 찾았다.

이대제자들과 속가제자들을 가르치는 일로 유하성을 비롯해서 원일과 원상, 원호, 원경이 자리를 비운다는 걸 알면서도 상조영과 송일섭은 사제들을 데리고서 매일같이 방문했다.

최종적인 목표는 유하성이었지만 그렇다고 유하성에게만 집중하지는 않았다.

개방의 이춘상 역시 유하성 때문에 가려져서 그렇지 뛰어난 무인이었기에 상조영과 송일섭은 매일 연구동을 찾아왔다.

캉! 까앙!

그 노력이 빛을 발한 것인지 연구동을 찾은 지 이레째 되던 날 상조영과 송일섭은 이춘상과 대련을 할 수 있었다.

물론 결과는 모두가 예상한 대로였다.

두 사람이 각각 점창파와 종남파의 미래라 불리는 인재였으나 안타깝게도 이춘상은 그들보다 아득히 높은 곳에 위치해 있었다.

"헤에. 삼촌의 움직임이 좀 더 화려해진 것 같아요."

오늘도 어김없이 유하성의 손을 잡고 처소로 돌아온 이소향이 이춘상과 송일섭의 대련을 보며 눈을 빛냈다.

둘 다 이소향보다 훨씬 높은 경지에 있었기에 사실 자세히 보이지는 않았다.

내공을 안력에 집중해도 희끄무레하게 보이는 게 전부였던 것이다.

하지만 대신 전체적인 분위기는 읽을 수 있었다.

"화려해진 느낌이야?"

"네. 예전에도 빠르고 현란했는데 지금은 더 동작이 커진 느낌이에요."

"호오."

유하성이 의외라는 표정을 지었다.

어째서 이소향이 이렇게 말했는지 그는 알 수 있어서였다.

그리고 저녁을 같이 먹기 위해 따라온 원일과 원호, 원상, 원경도 대견하다는 듯이 이소향을 바라봤다.

눈에 띄는 성장세를 보이지는 않지만 다방면에서 정말 꾸준히 발전하는 것 같아서였다.

"근데 그건 안 좋은 거 아닌가요? 효율적으로 움직이려면 간결해져야 한다고 사부님께서 말씀하셨는데."

"맞아. 근데 그게 꼭 절대적인 건 아냐. 똑같은 무공을 익히더라도 개인이 추구하는 방향에 따라 확연히 달라지는 게 바로 무공이거든. 게다가 춘상이의 경우 사문을 고려해야 해. 이건 솔직히 가장 기본적인 부분이긴 하지만."

멀리 떨어져 있던 종남파와 점창파의 제자들이 귀를 쫑긋거렸다.

그런데 그중에는 점창파의 대제자이자 차기 장문인으로 유력한 상조영도 있었다.

비록 구룡에는 들지 못했으나 그에 준하는 실력자라 알려진 그가 유하성의 설명을 엿듣고 있는 것이었다.

"개방의 무공이라면……."

"얄미울 정도로 짜증 난다는 거지. 맞을 듯하면서도 절대 안 맞거든. 상대를 도발하는 데 일가견이 있고. 아마 시조는 상대방의 평정심을 흩트리는 데 도가 튼 사람일 거야."

"아."

이소향이 눈을 반짝거렸다.

설명을 들으니 확실하게 이해가 되었던 것이다.

게다가 실제로 이춘상이 보법을 펼치고 있었고.

여전히 희끗하게 보였으나 느낌은 확실하게 전달되었다.

"거기다 개방의 무공은 기본적으로 효율을 그다지 신경 쓰지 않거든. 맞지 않고, 농락하며, 상대를 때리는 데 집중되어 있어. 쉽게 말하면 나는 안 맞고 상대를 때리는 데 특화되어 있다고나 할까."

"아하!"

이소향이 눈을 크게 뜨며 손뼉을 쳤다.

딱 지금의 모습이 유하성의 설명과 같아서였다.

"거기다 지금은 체력도 엄청나게 늘어서 효율을 그다지 신경 안 써. 타고난 재능도 있어서 공력의 부족함을 못 느끼고 살아오기도 했고. 후기지수들 중에서는 거의 상대가 없지."

"하지만 사부님이 더 강하시잖아요."

유하성의 칭찬이 이어졌으나 이소향은 배시시 웃으며 말했다.

이춘상이 뛰어나다는 건 이소향도 알고 있었다.

하지만 저기 있는 이춘상을 잡는 게 바로 그녀의 사부였다.

"지금은. 근데 나중에는 달라질 수도 있어. 그래서 계속 노력해야 하는 거고."

"저는 사부님 정도까지는 바라지 않아요. 그래도 사부님의 제자로서 부족하지 않은 정도까지는 올라가고 싶어요."

"너무 부담 느끼지 말라니까."

"사부님 이름에 먹칠할 수는 없으니까요."

"이미 충분히 잘해 주고 있단다."

유하성이 빙긋 웃으며 이소향의 머리를 부드럽게 쓰다듬어 주었다.

이렇게 말하지 않아도 그 역시 알고 있었다.

알게 모르게 이소향이 느끼는 부담감이 상당하다는 걸 말이다.

그가 가진 명성만큼 이소향이 느끼는 부담감 역시 비례하고 있었다.

"그래도 더 노력할래요. 제가 가장 잘하는 게 그거니까요."

"내가 잘하는 것이기도 하지."

"헤헤헤."

이소향이 양 볼을 붉혔다.

공통점이 있다는 사실이 기쁘면서도 부끄러워서였다.

유하성 앞에서 노력 운운하는 게 말이다.

하지만 기분 좋은 게 더 컸다.

콰아앙!

"많이 배웠습니다."

"고생하셨습니다."

두런두런 대화하는 사이 비무의 결과가 나왔다.

역시나 모든 사람이 예상했던 대로 이춘상의 완승이었다.

무복이 더러워지고 호흡이 거친 송일섭과 달리 이춘상의 신색은 평온했다.

심지어 호흡 하나 흐트러지지 않은 모습에 상조영을 비롯해서 점창파와 종남파의 제자들은 믿을 수 없다는 표정을 지었다.

"역시 대단하십니다."

"별말씀을."

이춘상이 강하다는 건 모두가 알고 있었다.

그러나 이 정도로 격차가 날 줄은 몰랐기에 다들 경악을 금치 못했다.

특히 번천회와의 전쟁 이후 송일섭이 얼마나 수련에 매진했는지 사형제들은 알았기에 더더욱 놀랐다.

그런데 정작 비무에서 패배한 송일섭의 표정은 더없이 후련했다.

이겼으면 정말 좋았겠지만 애초에 큰 기대를 하지 않았었기에 충격도 없었다.

"나름 열심히 노력했는데 아직 먼 것 같습니다. 하하하."

"저에게도 유익한 시간이었습니다."

"그렇다면 다행입니다. 헛된 시간만큼 부질없는 것도 없으니까요."

유하성의 앞에서는 끊임없이 허세를 부렸으나 다른 이들에게는 달랐다.

개방의 후개답게 겸양 어린 면모를 보였던 것이다.

그런 이춘상의 모습에 이소향과 원호가 다 들리도록 헛웃음을 흘렸으나 정작 당사자는 개의치 않았다.

"왔냐?"

"그래."

"안녕하십니까."

손만 까딱이는 이춘상과 달리 송일섭은 이마에 흥건한 땀을 소매로 닦으며 정중하게 인사해 왔다.

그 뒤로 상조영과 다른 이들도 유하성에게 포권을 했다.

"안녕하세요!"

그들에게 말없이 묵례하는 유하성과 달리 이소향은 발랄하게 인사했다.

제법 태가 나는 자세로 포권을 하면서 말이다.

그 앙증맞은 모습에 종남파와 점창파 제자들의 입가에 미소가 맺혔다.

"웬일이래? 한동안 방에서 머리만 박박 긁더니."

"가끔은 몸을 움직여 줄 필요가 있으니까. 감각이 무뎌지지 않게 조절도 해야 하고. 그게 무인이자 고수의 자세이기도 하고."

"흐음?"

유하성이 대놓고 어이없다는 표정을 지었다.

과거에 비하면 많이 부지런해지기는 했으나 이런 발언을 할 정도는 아니어서였다.

그래서인지 이소향은 물론이고 함께 온 일행도 어처구니없어했다.

"몸이 근질거리기도 했고."

"저기……."

지그시 쳐다보는 유하성의 눈빛에 결국 이춘상이 항복했다.

유하성뿐만 아니라 이소향과 원일, 원상, 원호, 원경 모두가 말도 안 된다는 눈빛을 보내오자 그로서도 별수 없었다.

그런데 그때 멀찍이 떨어져 있던 상조영이 슬쩍 다가와 입을 열었다.

누가 봐도 할 말이 있어 보이는 표정으로 말이다.

"말씀하시죠."

"유 공자께 한 수 가르침을 청해도 되겠는지요?"

상조영이 자기도 모르게 마른침을 삼키며 눈치를 살폈다.

세간에 알려진 유하성의 성격을 알기에 조심스럽게 물은 것이었다.

그렇다고 무작정 비무를 청한 것도 아니었다.

지난 이레 동안 송일섭과 함께 상조영은 차근차근 단계를 밟아 가며 접근했다.

'꼭 오늘만 있는 건 아니니까.'

상조영은 절대 서두르지 않았다.

첫날 이후 하나하나 계단을 오르듯이 단계를 밟아 갔다.

유하성이 아닌 그 주변 사람들에게 먼저 다가갔던 것이다.

원호부터 시작한 비무는 원상과 원일을 넘어 오늘 이춘상에게까지 이어졌고, 상조영은 지금이라면 시기가 나쁘지 않다고 생각했다.

"좋습니다."

"예?"

그러나 크게 기대하지는 않았다.

세상일이라는 게 마음먹은 대로, 생각한 대로 절대 흘러가지 않는다는 걸 잘 알아서였다.

그래서 상조영은 뜻을 드러내는 정도면 충분하다고 생각했다.

한데 예상과 달리 유하성은 너무나 흔쾌히 그의 청을 받아주었다.

"저, 정말이십니까?"

"예."

예상과는 전혀 다른 대답에 상조영이 자기도 모르게 반문했다.

그 정도로 놀란 것이었다.

하지만 그건 다른 이들도 마찬가지였다.

방금 전에 이춘상과 비무를 끝낸 송일섭은 아예 입을 벌리고 있었다.

"가, 감사합니다! 정말 감사합니다!"

다시 한번 확인한 상조영이 재빨리 입을 열었다.

혹여나 결정을 번복할까 싶어 확실하게 해 두기 위해서였다.

그래서인지 상조영의 말은 그 어느 때보다 빨랐다.

"괜찮으시다면 지금 시작하죠."

"저는 좋습니다! 언제라도 가능합니다!"

"저기, 저도 부탁드리고 싶습니다. 그리고 저도 지금 당장

가능합니다.”

냉큼 대답하는 상조영에 이어 송일섭이 슬그머니 한 발을 걸쳤다.

이런 기회가 흔치 않다는 걸 잘 알기에 참지 못하고 끼어든 것이었다.

하지만 그로서는 이렇게 끼어들 수밖에 없었다.

지금이 아니면 자연스럽게 말을 꺼낼 기회가 없을 것만 같아서였다.

“송 소협께서는 휴식이 필요하지 않겠습니까?”

“괜찮습니다! 금방 쉬면 회복됩니다!”

이춘상과의 비무로 소모된 내공과 체력이 상당했으나 송일섭은 아무 문제 없다는 듯이 소리쳤다.

두 사람의 비무가 금방 끝날 수도 있지만 그건 전혀 문제가 되지 않았다.

중요한 건 유하성과 손 속을 나눌 수 있느냐, 없느냐였다.

그게 가장 중요했기에 송일섭은 비무를 하다가 기절해도 상관없다는 듯이 대답했다.

“알겠습니다.”

“가, 감사합니다!”

이번에도 흔쾌히 받아 주는 유하성의 모습에 송일섭이 감격한 표정을 지었다.

상조영에 이어 그도 유하성과 비무를 할 수 있게 되어서였다.

이렇게나 빨리 목적을 이룰 줄은 몰랐기에 송일섭은 기쁜 기색을 감추지 못했다.

더불어 다른 제자들도 은근히 기대하는 표정을 지었다.

두 사람이 되었다면 그들도 되지 말라는 법은 없어서였다.

그래서 다들 빠르게 서로의 눈치를 살폈다.

지금 말을 꺼내도 되는지, 아니면 나중을 기약해야 할지 고민하는 것이었다.

"웬일이래? 네가 이런 요청을 흔쾌히 받아 주고."

"세상은 혼자 살 수 있는 게 아니니까."

"응?"

생각지도 못한 말이어서일까.

이춘상이 이게 무슨 소리인가 하는 표정을 지었다.

"무당산에서는 혼자 살 수 있지만 속세에서는 다르니까. 언젠가는 나도 하산을 해야 하고."

"떠나게?"

여전히 이소향의 손을 붙잡고서 따스하게 바라보며 하는 말에 이춘상이 해연히 놀란 표정을 지었다.

지금까지 유하성의 모습을 보면 절대 무당산을 떠날 것처럼 보이지 않아서였다.

"언젠가는. 이제 나는 혼자가 아니기도 하고."

"하긴."

이춘상이 이내 고개를 주억거렸다.

혼자가 아니라는 말의 의미를 알아차린 것이었다.

유하성이야 무당산에서 계속 살아도 상관없겠지만 이소향은 아니었다.

진산제자도 아니고 속가제자이니만큼 나중에는 세상에 나가야 했다.

"저는 괜찮은데요."

"너무 산에서만 생활하는 것도 좋지 않아. 나도 겸사겸사 속세에서 좀 살아 보고. 나는 나중에 다시 무당산으로 돌아와도 되니까."

송구스럽다는 표정으로 입을 여는 이소향의 머리를 유하성은 부드럽게 쓰다듬어 주었다.

자신을 위해서 이렇게 말해 준다는 걸 잘 알아서였다.

하지만 남자도 아니고 여아인 이소향은 앞으로 여인이 되고 혼례를 올릴 터였다.

그때를 생각하면 미리부터 준비를 해 두어야 했다.

'마음의 준비도 마찬가지고.'

분명 아직은 먼 미래였다.

그러나 언제고 반드시 찾아올 미래이기도 했다.

"자, 그럼 여기서 사형들이랑 지켜보고 있어."

"네!"

"나도 있는데?"

"너보다는 원경을 믿지."

이춘상의 말에 유하성이 일말의 고민도 없이 대답했다.

그런데 그 말에 원일과 원상, 원호의 눈동자에 살짝 서운한 기색이 서렸다.

반면에 원경의 표정은 더없이 밝아졌다.

여기 있는 이들 중에 그를 가장 믿는다는 뜻이나 마찬가지였기 때문이다.

"와. 너무하네. 우리가 함께한 시간이 있는데."

"넌 만약의 사태에 대비해야지."

"그런 일이 벌어질 것 같지 않은데."

이춘상이 입을 삐죽 내밀었다.

암만 생각해 봐도 만약의 사태 같은 일은 벌어지지 않을 것 같아서였다.

수준이 비슷하면 모를까 이춘상은 상조영과 송일섭의 실력을 뻔히 다 알고 있었다.

"말 그대로 대비니까."

"알겠습니다~. 분부대로 합습죠~."

대놓고 빈정거렸으나 유하성은 신경 쓰지 않았다.

저러는 게 하루 이틀이 아니었기에 그러려니 했다.

다른 이들도 마찬가지였고 말이다.

"저는 준비되었습니다."

유하성이 대화하는 사이 상조영은 바짝 긴장한 모습으로

입을 열었다.

누가 봐도 잔뜩 얼어 있는 자세로 말이다.

그런 상조영의 모습에 유하성은 긴장을 풀어 주려는 듯이 부드럽게 웃었다.

"편히 하시죠. 생사결도 아니지 않습니까."

"그에 못지않은 각오로 임할 생각입니다."

"그런가요."

결연한 상조영의 모습에 유하성은 고개를 주억거렸다.

건방지고 방심하는 것보다는 나아서였다.

동시에 유하성도 자세를 바로 했다.

이런 각오를 보여 주는 무인에게는 그에 상응하는 자세가 필요했다.

"모든 걸 쏟아부을 생각입니다. 그리고 제 청을 받아 주셔서 감사합니다. 시작하기 전에 이 말을 꼭 하고 싶었습니다."

"저야말로 잘 부탁드립니다."

스윽.

정중한 유하성의 포권에 상조영도 황급히 답례를 했다.

비무에만 너무 집중한 나머지 인사하는 걸 깜빡해서였다.

아무리 공증인이 없는 개인적인 비무라고 하나 그래도 기본적으로 차려야 할 격식이라는 게 있었다.

더욱이 크게는 무당파와 점창파 제자의 비무였기에 더더

욱 격식을 차려야 했다.

"잘 부탁드리겠습니다!"

"그럼 시작할까요."

"예."

"시작은 춘상이 네가 말해 줘."

상조영이 진심으로 비무에 임하는 만큼 유하성은 선공을 양보하지 않았다.

무인 대 무인으로서 그 역시 비무에 임했다.

그러자 상조영의 얼굴이 상기되었다.

지금 한 말의 의미를 그도 알아서였다.

"마땅한 낙엽이 없으니 이걸로 대신한다?"

"그러든지."

주변에 굴러다니는 솔방울 하나를 허공섭물로 들어 올린 이춘상이 히죽 웃었다.

그러고는 상조영을 쳐다봤다.

눈으로 물어보는 것이었다.

"저도 좋습니다."

"그럼, 던진다!"

휘이익!

이춘상이 손가락을 튕기자 솔방울이 허공으로 솟구쳤다.

시원스럽게 일직선으로 쏘아지듯이 날아갔던 것이다.

하지만 이내 정점을 찍고 천천히 하강하기 시작했다.

정확히 유하성과 상조영의 사이에 말이다.

후우웅.

미세한 소리와 함께 솔방울이 느릿하게 떨어져 내렸다.

낙엽과 달리 무게가 좀 있다 보니 솔방울은 크게 흔들리지 않고 거의 수직으로 떨어졌다.

툭.

모두의 시선을 받으며 떨어져 내리던 솔방울이 지면에 닿은 순간 상조영은 땅을 박찼다.

오직 한 가지에만 집중하며 유하성에게 달려들었다.

쉬아아앗!

극도로 집중한 상태에서 상조영은 검을 뽑았다.

쇄도하는 것과 동시에 발검술을 펼친 것이었다.

이윽고 그의 손에서 점창파가 자랑하는 검공이자 강호일 절로 이름 높은 분광검법(分光劍法)이 터져 나왔다.

극쾌를 추구하는 쾌검답게 상조영의 검극은 무시무시한 속도로 유하성의 명치를 노리고서 파고들었다.

'분명히 피할 거야. 그러니 그 이후도 생각해 두어야 해.'

진정한 고수는 몇 수 앞을 내다보는 법이었다.

물론 상조영은 절대고수라 불리기에는 부족한 게 많은 무인이었으나 그 역시 후기지수들 중에는 능히 상위권이라 할 수 있는 실력자였다.

구룡이 셋밖에 남지 않은 지금은 충분히 열 손가락 안에

꼽힐 만한 실력을 지니고 있었다.

그러나 상조영은 자신감을 가지되 자만하지는 않았다.

'천하의 무룡이 일초지적밖에는 되지 않았으니까.'

용봉회에서 벌어졌던 유하성과 범구의 대결을 상조영은 아직도 선명하게 기억하고 있었다.

워낙에 충격적인 장면이었기에 아직도 잊히지가 않았다.

후기지수들의 정점이라 할 수는 구룡 중에서도 검룡 남궁준을 제외하면 비교 대상이 없던 게 무룡 범구였었다.

그런데 그 대단한 범구가 유하성의 일권을 받아 내지 못했다.

'그러니 무조건 회피한다고 생각해야 해. 아니면 흘려 내든가.'

상조영의 두 눈이 날카롭게 번뜩였다.

찰나의 순간에도 수많은 예측을 하는 것이었다.

유하성이 어떤 대응을 내놓을지를 계속 생각하며 상조영은 검을 있는 힘껏 찔렀다.

스으윽.

그리고 결과는 역시나 예상했던 대로였다.

전력을 다한 그의 일검을 유하성은 어렵지 않게 피해 냈다.

상조영이 그리는 검로를 정확히 예측하며 옆으로 딱 반보만 움직였던 것이다.

"흡!"

하지만 미리 예상하고 있었던 건 상조영 역시 마찬가지였다.

그래서 그는 당황하지 않고 검을 뻗은 자세 그대로 팔을 휘둘렀다.

찌르기가 끝나기 무섭게 횡베기를 펼친 것이었다.

스하앗!

예리한 파공음과 함께 상조영의 검이 거머리처럼 유하성을 따라붙었다.

진즉에 준비를 하고 있었기에 곧장 반응할 수 있었던 것이었다.

"오오!"

마치 서로 짠 것처럼 합이 척척 맞는 광경에 멀찍이 떨어져서 지켜보던 이들이 탄성을 터트렸다.

특히 점창파 제자들의 반응이 열광적이었다.

큰 기대를 하고 있지는 않지만 그래도 다들 혹시나 하는 마음은 가지고 있었다.

생사결도 아니고 비무이니만큼 예상치 못한 결과가 나올 가능성이 있다고 생각해서였다.

스윽. 스으윽!

그러나 혹시나 하는 기대는 얼마 가지 못했다.

상조영이 혼신의 힘을 다해 분광검법을 펼쳤음에도 정작

유하성의 몸에 닿는 게 없어서였다.

분명 상조영의 검격은 날카롭고 빨랐다.

하지만 문제는 상조영의 파상공세를 유하성이 종이 한 장 차이로 피해 낸다는 점이었다.

"흐읍! 흡!"

닿을 듯 말 듯 닿지 않는 간격에 상조영이 아랫입술을 깨물었다.

그러면서 내공을 가일층 끌어올려 쾌검을 펼쳤다.

현재 그가 펼칠 수 있는 최고의 속도로 쾌검을 연거푸 뿌렸던 것이다.

그러나 휘몰아치는 듯한 상조영의 맹공에도 유하성의 표정은 평온했다.

'아직! 아직 더 할 수 있어!'

말 그대로 완벽하게 회피해 내는 유하성의 모습에 진이 빠질 법도 한데 상조영은 포기하지 않았다.

오히려 내심 경탄하며 젖 먹던 힘까지 뽑아냈다.

어쩌면 지금의 비무가 처음이자 마지막일 수도 있기에 상조영은 자기도 모르게 이를 악물고서 전심전력으로 분광검법을 펼쳤다.

쌔애액! 쌔애애액!

처음 말한 대로 자신의 모든 것을 쏟아부었던 것이다.

하지만 안타깝게도 유하성과의 간격을 좁히지 못했다.

그는 어떻게 해서든 간격을 좁히려 했으나 아쉽게도 끝끝내 뜻을 이루지 못했다.

후욱! 훅!

그 결과 상조영은 눈에 띄게 지쳐 갔다.

한 초식 한 초식에 모든 심력을 쏟아부으니 공력은 물론이고 체력이 금세 바닥을 드러낸 것이었다.

그러나 시야가 희미해지는 걸 스스로가 느끼고 있음에도 상조영은 공세를 멈추지 않았다.

오히려 흐릿해지는 정신을 악착같이 부여잡으며 검을 찔렀다.

터엉.

한데 그때 지금까지와는 다른 소리가 들렸다.

처음으로 유하성이 피해 내는 게 아니라 흘려 냈던 것이다.

튕겨 낸 것도 아니고 궤적만 살짝 비튼 것이지만 상조영은 웃었다.

어쨌든 유하성의 몸에 닿은 건 사실이어서였다.

쿵!

하지만 딱 거기까지였다.

아쉽게도 그의 몸은 더 이상 움직일 수 없었다.

"흐으!"

별다른 충격도 없는데 풀려 버린 다리에 상조영이 허망하

무당
패왕

게 웃었다.

혼자 미친놈처럼 날뛰다가 제풀에 지친 것 같아서였다.

그나마 다행인 건 검을 역수로 잡아 가까스로 추한 꼴은 면했다는 점이었다.

스윽.

부들부들 떨리는 다리를 왼손으로 움켜잡을 때 그의 앞으로 굳은살 가득한 손 하나가 다가왔다.

바로 유하성의 손이었다.

"고생하셨습니다."

"그 말은 제가 해야 할 것 같습니다만. 하하하……."

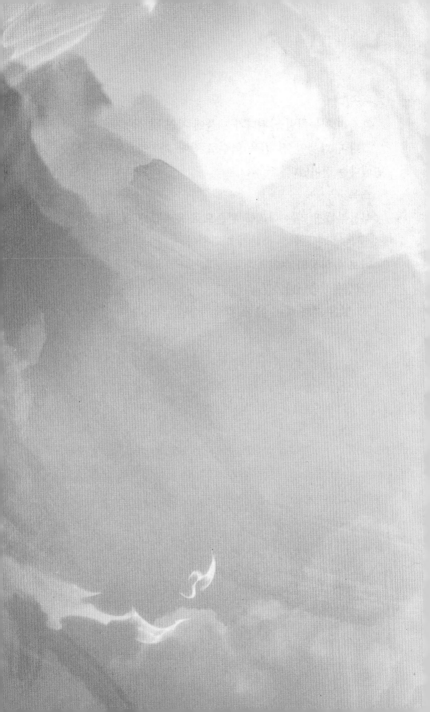

제81장 이별이 있으면 만남도 있는 법

검에 지탱해서 가까스로 균형을 잡고 있던 상조영이 어색하게 웃었다.

누가 보더라도 고생을 한 건 유하성이었다.

미친놈처럼 날뛴 그를 상대해 주었으니까.

때문에 상조영은 민망한 얼굴로 바닥에 닿아 있던 한쪽 무릎을 띄웠다.

"그럼 서로에게 좋은 시간이었던 걸로 하죠."

"감사합니다. 정말 많이 배웠습니다."

"저도 분광검법을 보게 되어 영광이었습니다."

"가, 감사합니다."

상조영은 물론이고 이춘상의 두 눈이 휘둥그레졌다.

유하성이 한 말이라고는 믿어지지가 않아서였다.

거만한 성격은 아니지만 그렇다고 겸손한 성격도 아니었다.

오히려 말수가 별로 없어 오만하다는 평도 있었다.

물론 지금은 그렇게 생각하지 않았다.

말수가 적은 것뿐 할 말이 있으면 직설적으로 한다는 걸 여기 있는 모두가 알았다.

"뭐야? 지금 무슨 일이 벌어진 거야?"

"뭐가?"

"네 입에서 영광이라는 단어가 나온 거야?"

"나올 수도 있지 뭐."

"허! 내일은 해가 서쪽에서 뜨려나?"

놀란 기색을 빠르게 수습하는 다른 사람들과 달리 이춘상은 대놓고 거론했다.

보고도 믿기지가 않아서였다.

하지만 격렬한 이춘상의 반응에도 유하성은 태연했다.

"사람은 시간이 흐를수록 성숙해지니까."

"그건 맞는 말인데 성숙이라는 단어와는 안 어울리니까 그렇지."

"저는 어떤 모습이든 다 좋아요!"

격렬하게 반응하는 이춘상과 달리 이소향은 방긋방긋 웃었다.

어떤 모습이든, 어떻게 변하든 이소향에게 유하성은 언제나 좋은 사부였다.

또 닮고 싶은 사람이기도 했고.

"후후후."

"누가 사제지간 아니랄까 봐. 아주 대놓고 편들어 주네."

"네가 변한 거에 비하면 난 아무것도 아니지."

"끄응!"

한마디 하려던 이춘상이 말을 집어삼켰다.

반박할 여지가 없는 말에 말문이 막힌 것이었다.

"지금 하시겠습니까?"

"괜찮으시다면 저는 좋습니다. 아니, 영광입니다!"

이춘상의 입을 한마디로 다물게 만든 유하성이 송일섭을 바라봤다.

이왕 시작한 김에 송일섭과도 비무를 하려는 것이었다.

점창파와 종남파가 무당파를 찾은 이유를 모르는 것도 아니었고.

언젠가는 해야 할 일이라면 지금 처리하는 것도 나쁘지 않았다.

'의외로 도움이 되기도 하고.'

명운과 단둘이 지냈을 때 유하성은 늘 혼자 수련했었다.

그리고 비무나 대련을 하고 싶은 마음이 없던 건 아니었다.

오히려 일정 수준에 도달하자 비무를 하고 싶었다.

하지만 주화입마로 몸이 망가진 명운과 대련을 할 수는 없었기에 유하성의 상대는 언제나 자연이었다.

'돌이켜 생각해 보면 그게 정말 큰 도움이 되었지.'

사람의 마음과 생각이 아무리 변화막측하다고 하나 자연에 비할 바는 아니었다.

특히 폭풍우나 태풍이 휘몰아칠 때와 비교하면 말이다.

천재지변은 말 그대로 재앙이었다.

'괜히 선조들께서 자연에서 배웠다고 한 게 아니지.'

당시의 유하성으로서는 선택지가 없었다.

그런데 어쩔 수 없이 고른 선택이 지금의 유하성을 만들었다.

결과적으로는 최상의 선택지를 고른 셈이었다.

하지만 그마저도 유하성은 한계가 있음을 느꼈다.

결국 사람은 어울려 살아가야 했다.

그를 위해서도, 제자인 이소향을 위해서도 말이다.

"저기……."

"준비되셨습니까?"

"네!"

송일섭의 목소리에 상념에서 깨어난 유하성이 옅게 웃었다.

능청스럽게 아무 일도 없었다는 듯이 말이다.

실제로 그가 상념에 빠진 시간은 그리 길지 않았다.

"그럼 시작하죠."

"잘 부탁드립니다!"

친구인 상조영의 실수를 두 눈으로 직접 목격했었기에 송일섭은 먼저 정중하게 포권을 했다.

나이 차이는 크게 나지 않아도 배분은 한 배분 더 높았기에 그만큼 예의를 다하는 것이었다.

"저야말로 잘 부탁드립니다."

"그리고 갑작스러운 제 청을 받아 주셔서 감사합니다."

"아닙니다. 저에게도, 그리고 제 제자에게도 도움이 되는 일이니까요."

"아이가 참으로 명석하고 귀엽습니다."

송일섭의 시선이 원경의 옆에 바짝 붙어 있는 이소향에게로 향했다.

예쁘장하다고는 절대 말할 수 없지만 유하성과 분위기가 상당히 흡사했다.

전체적으로 맑은 느낌을 풍긴다고 할까.

물론 은연중에 위압감이 흘러나오는 유하성과 달리 이소향의 분위기는 상당히 편안했다.

"칭찬 감사합니다. 그럼 시작할까요?"

"예. 상조영이, 네가 솔방울 좀 던져 줘."

시종일관 깍듯했던 송일섭이 몸을 추스르고 있는 상조영

을 불렀다.

조금 편해지긴 했으나 그렇다고 이춘상에게 부탁할 수는 없어서였다.

그걸 상조영 역시 알고 있었기에 송일섭의 요청을 거절하지 않았다.

"손이 떨리는 건 어쩔 수 없으니까 양해해 주고."

"제대로 던져."

같이 무당산에 온 만큼 친분이 상당한 모양인지 상조영이 씨익 웃으며 주변에 있던 솔방울 하나를 주워 들었다.

그러고는 이춘상이 했던 것처럼 유하성과 송일섭 사이에 떨어지도록 솔방울을 던졌다.

후우웅.

이번에도 자연이 도와주려는 것처럼 바람은 없었다.

덕분에 솔방울은 상조영의 의도대로 정확히 두 사람 사이에 떨어졌다.

그와 동시에 상조영과 똑같이 송일섭이 땅을 박찼다.

패왕이라는 별호답게 유하성이 본격적으로 나서면 제대로 공방을 주고받을 기회가 없다는 걸 잘 알아서였다.

'나중도, 다음도 없다. 지금 할 수 있는 모든 걸 다해야 해.'

송일섭은 이를 앙다물었다.

패배하는 건 괜찮지만 아무것도 하지 못한 채 지는 건 그의 자존심이 용납하지 않았다.

지더라도 멋지게 잘 싸우고 지고 싶었다.

졌지만 잘 싸웠다는 말처럼 말이다.

쌔애애액!

땅을 박찬 것과 동시에 송일섭은 검을 휘둘렀다.

종남파가 자랑하는 검학이자 방금 전 상조영이 펼친 분광
검법과 마찬가지로 강호일절로 불리는 천하삼십육검(天下三十
六劍)을 펼친 것이었다.

오로지 종남파의 장문인과 차기 장문인만이 익힐 수 있는
절학이 송일섭의 손에서 펼쳐졌다.

파바바밧!

한 번에 휘몰아치는 검법인 천하삼십육검은 일단 시작되
면 끊어 내기가 쉽지 않았다.

계속해서 공격이 이어졌기에 시작할 때 방해하지 못하면
수세에 몰릴 수밖에 없는 검법이었다.

더욱이 송일섭의 성취가 낮지 않을뿐더러 처음부터 전력
을 다했기에 검세에서 뿜어져 나오는 기세는 매섭다 못해 강
맹했다.

마치 생사대적을 앞에 둔 것처럼 처절하기 짝이 없었던 것
이다.

'최대한 많은 걸 얻어 가야 한다.'

방금 전에 있었던 비무는 너무나 일방적이었다.

상조영이 미친 듯이 공격하고 유하성은 피하기만 했다.

그러나 그걸 송일섭은 나쁘게 생각하지 않았다.

어떤 사람들은 유하성이 상조영을 농락했다고 생각할지 모르지만 그는 달랐다.

유하성은 그 나름대로 상조영을 배려해 준 것이었다.

만약 유하성이 처음부터 본실력을 드러냈다면, 피하지 않고 정면대결을 펼쳤다면 비무는 진즉에 끝났을 터였다.

상조영이 무언가를 해 보이기도 전에 말이다.

'그러려면 나 역시 모든 걸 쏟아 내야 해.'

그 대단한 범구조차도 단 일격에 제압한 게 유하성이었다.

때문에 송일섭은 유하성이 방금 전과 마찬가지로 피하기만 했지만 절대 기분 나쁘지 않았다.

오히려 유하성의 배려에 감사함을 느끼면 느꼈지.

동시에 그는 유하성의 움직임을 모조리 두 눈에, 머리에 담았다.

'이럴 땐 이렇게, 저럴 땐 저렇게 움직이는구나. 진짜 움직임에 군더더기가 없어. 태극보도 내가 알고 있는 태극보와 비슷하면서도 다르고. 지극히 효율적이야.'

송일섭은 한 수 배운다는 생각으로 대련에 임했다.

그래서 승패에는 전혀 신경 쓰지 않았다.

이길 수 있다면야 당연히 좋겠지만 상조영을 상대하는 걸 보면서 송일섭은 느꼈다.

격차를 좁히기 위해 전쟁이 끝나고 폐관수련까지 했지만 발전한 건 그만이 아니라는 사실을 말이다.

'첫 번째 목적은 달성했고, 이제 마지막 두 번째만 남았군.'

천하삼십육검을 펼치며 송일섭은 두 번째 목적을 떠올렸다.

그는 단순히 비무 때문에 무당산에 온 게 아니었다.

근본적으로는 유하성과 교분을 나누고자 무당파를 찾았다.

결국 그게 비무로 이어질 거라 생각하기도 했고.

'우리라고 천하제일이 되고 싶지 않은 건 아니지만……'

지금 그가 펼치는 천하삼십육검법은 분명 강호일절이라 칭하기에 모자람이 없는 상승검법이었다.

대성한다면 능히 강호를 호령하는 절대고수가 될 수 있었다.

하지만 안타깝게도 천하제일인으로 만들어 줄 수 있는 무공은 아니었다.

그를 비롯해서 종남파의 제자들은 대성한다면 충분히 가능하다고 생각했으나 역사적으로 종남파의 무인이 천하제일인에 오른 적은 없었다.

'……또한 천하제일문이 된 적도 없지.'

씁쓸하지만 이게 현실이었다.

냉정하게 현재 천하제일문이라 할 수 있는 건 소림사였고, 그 권좌를 노릴 만한 역량이 되는 곳은 무당과 화산뿐이었다.

안타깝게도 종남파나 상조영의 점창파는 그 경쟁에 끼어들 능력이 되지 않았다.

그렇다면 방법은 하나뿐이었다.

파바바밧!

어느새 열한 번째 초식을 펼치며 송일섭은 다시 한번 다짐했다.

최고가 될 수 없다면 최고가 될 가능성이 있는 이와 친해지겠다고 말이다.

그리고 그건 상조영도 마찬가지였다.

어쩌면 유하성의 곁에 악착같이 붙어 있는 이춘상도 마찬가지일지 몰랐다.

'이인자의 자리는 너무나 괴로우니까.'

일인자를 위협하는 자리임과 동시에 가장 괴로운 자리가 바로 이인자의 위치였다.

언젠가는 일인자를 뛰어넘을 수도 있겠지만 반대로 영영 이인자의 자리에만 머물 수도 있었다.

더 슬픈 건 절대 뛰어넘을 수 없다는 걸 깨달을 때였다.

'근데 후개는 알까. 그런 자리라는 걸 알면서도 차지하고 싶은 이들 역시 수두룩하다는 걸.'

이인자는 최고가 되지 못해 상심하지만 그나 상조영은 그런 자리조차 감지덕지였다.

가질 수 있다면 정말 가지고 싶었다.

그러나 이춘상의 자리도 그나 상조영에게는 쉽지 않았다.

스윽. 슥.

잠깐 상념에 빠진 것뿐인데 어느새 천하삼십육검의 중반부가 지나가고 있었다.

어느새 스무 번째 초식을 펼치는 중이었다.

"차합!"

몸이 기억하고 있다는 걸 새삼 느끼며 송일섭은 공력을 가일층 끌어올렸다.

이윽고 그의 검신에서 새파란 검강이 치솟았다.

남궁준이나 원일에 비하면 부족하지만 송일섭의 검강도 무시할 만한 수준은 아니었다.

정순한 내공으로 펼쳐진 검강은 충분히 위력적이었다.

투웅. 퉁.

거기다 송일섭이 전심전력을 다해 펼쳤기에 유하성도 지금까지처럼 회피하기가 쉽지 않았다.

결국 유하성은 양손을 이용해 송일섭의 검세를 흘려 냈다.

태극권 특유의 유려한 움직임으로 그의 검강을 흘려 냈던 것이다.

그런데 그 모습에 송일섭은 웃었다.

마지막에서야 겨우 유하성의 몸에 닿은 상조영과 달리 아직 그는 여력이 남아 있어서였다.

'모두 쏟아 낸다!'

송일섭의 전신에서 기세가 폭발적으로 솟구쳤다.

전부 다 쏟아붓고 쓰러지겠다는 듯이 진짜 모든 걸 토해 내는 것이었다.

투웅. 투둥.

전신을 난자할 듯이 검강이 쉴 새 없이 쇄도했으나 유하성은 당황하지 않았다.

상조영을 상대했을 때처럼 피할 수 있는 건 최대한 피해 내고 그러지 못하는 건 궤적만 살짝 비틀었다.

절대 정면으로 송일섭의 검강을 받아 내지 않았다.

그리고 오직 태극권만 펼쳤다.

터엉! 터더더덩!

폭발적으로 터져 나오는 천하삼십육검과 부드러운 태극권이 연이어 교차했다.

하지만 상황은 극명하게 달랐다.

표정에서부터 여유가 느껴지는 유하성과 달리 송일섭의 얼굴은 시간이 갈수록 터질 것처럼 붉어졌다.

웃기게도 공격하는 쪽이 먼저 급격하게 지친 것이었다.

"……졌습니다. 후우!"

"좋은 승부였습니다."

"저야말로 많이 배웠습니다. 그리고 조영이보다는 제가 좀 낫네요. 하하하."

깊게 심호흡을 하며 송일섭이 대답했다.

그런데 그의 얼굴이 밝았다. 다리가 풀려 한쪽 무릎을 꿇은 상조영과 달리 그는 두 다리로 멀쩡히 서 있어서였다.

물론 당장이라도 눕고 싶은 심정이었지만 송일섭은 그 티를 가까스로 드러내지 않았다.

"그렇게도 볼 수 있겠네요."

유하성은 긍정도 부정도 하지 않았다.

정확히 말해 차이가 나는 건 유하성의 선택 때문이었다.

그러나 굳이 그걸 짚어 줄 필요는 없기에 유하성은 그저 웃으며 넘어갔다.

"뭐라고?!"

"상태를 봐 봐. 극명하잖아."

"허!"

인사하며 돌아가기 무섭게 상조영의 노성이 들려왔으나 유하성은 신경 쓰지 않았다.

종남파와 점창파 제자들의 뜨거운 시선이 느껴졌지만 선의는 여기까지였다.

다른 이들까지 일일이 상대하고 싶은 마음은 없었다.

분광검법과 천하삼십육검을 견식한 것으로 충분하기도 했고.

"고생하셨어요, 사부님!"

"잘 봤니?"

"네! 자세히 보이지는 않았지만 그래도 나중에 도움이 될 것 같아서 두 눈 안 감고 봤어요!"

"그래도 눈은 감아야지. 눈동자가 건조하면 좋지 않아."

"삼촌은 눈동자도 단련해야 한다고 하셨어요."

이소향의 대답에 유하성의 고개가 이춘상에게로 향했다.

하지만 이춘상은 헛기침과 함께 이미 상조영, 송일섭에게로 향한 뒤였다.

"험험! 커험!"

"일대제자들을 모아서 합격진 대결을 펼치는 것도 좋은 경험이 될 것 같습니다."

이춘상을 지그시 노려보는 유하성을 향해 원일이 웃으며 말했다.

도와주려는 게 아니라 그냥 생각이 나서였다.

인원이 아주 적은 것도 아니었기에 원일은 합격진으로 대결해 보는 것도 나쁘지 않다고 생각했다.

점창파와 종남파 입장에서도 나쁜 제안은 아닐 터였고.

"좋은 생각이네."

"그럼 추진하겠습니다."

"그걸 왜 나한테 물어? 장문사형께 물어봐야지."

"이 정도 사안은 사숙 선에서 가능하지 않습니까."

원일이 싱긋 웃었다.

그런데 웃긴 건 다른 이들의 반응이었다.

원상과 원호, 원경도 똑같이 고개를 끄덕이고 있었다.

"내가 힘이 있나. 대제자가 더 힘이 있지."

"제 생각은 다릅니다만."

"난 일개 속가제자이니까. 이만 저녁 먹으러 갈까?"

"네!"

유하성은 어깨를 으쓱인 후 원경의 손을 놓고 달려오는 이소향의 손을 잡고 처소로 향했다.

예기치 못한 비무로 저녁 시간이 조금 늦어졌기에 서두르는 것이었다.

그런 유하성의 모습에 원일은 사제들을 돌아보며 헛웃음을 흘렸다.

"으헝헝!"

"헤어지기 싫어!"

"더 있으면 안 돼요?"

대연무장이 눈물바다가 되었다.

반년이란 시간 동안 동고동락하며 지냈기에 정이 들 대로 들어서였다.

더욱이 대부분의 아이들이 열 살 안팎이다 보니 더더욱 헤어짐에 익숙하지 않았다.

"아직 배울 게 한가득인데."

"한참 더 연습해야 하는데…….."

"맞아! 이제 겨우 손발이 맞아 가는데!"

여기저기서 울음보가 터졌지만 어쩔 수 없었다.

계획된 일정은 딱 반년이었다.

이것도 처음에 삼 개월이었던 게 연장되어 반년으로 늘어난 것이었다.

"우리도 그렇게 해 주고 싶지만, 상황이 어쩔 수가 없단다."

"거리가 가깝다면 볼일을 보고 데리러 오겠지만 그럴 수가 없잖니."

우는 자식을 보며 부모들이 하나같이 무거운 어조로 말했다.

그들이라고 자식들의 마음을 모르는 건 아니었다.

더구나 하루하루가 다르게 성장하는 게 육안으로 보였기에 마음 같아서는 일 년이라도 남겨 두고 싶었다.

하지만 어른들에게는 어른들의 사정이 있는 법이었다.

"아빠, 나 더 있으면 안 돼?"

"미안하구나."

"히잉!"

훌쩍훌쩍.

눈물을 흘리는 건 속가제자들만이 아니었다.

또래의 이대제자들도 눈시울이 붉어져 있었다.

그리고 그중에는 이소향도 있었다.

"사고. 잘 지내셔야 합니다?"

"보고 싶을 거예요."

"내년 이맘때쯤 꼭 다시 올게요!"

"다음에는 아예 몇 년 머물 생각으로 올 겁니다!"

반년 가까이 함께 지내서 그런지 장일기 일행은 얼굴 가득 아쉬운 표정으로 이소향에게 한마디씩 했다.

사고지만 나이가 어려서 그런지 사실 네 소년들에게는 여동생처럼 느껴졌다.

자신의 배분이 더 높다고 이소향이 불리할 때마다 말을 꺼냈지만 그마저도 사인방에게는 귀엽게만 보였다.

"안 와도 되는데요."

"허어! 헤어진다고 벌써부터 정을 떼려는 겁니까?"

"너무하네요. 저희만 슬퍼하고."

"사고께서도 아쉬워하실 줄 알았는데."

"아니면 속마음을 숨기고 있으신 건가?"

이소향의 말이 끝나기 무섭게 사인방의 말이 폭포수처럼 쏟아졌다.

남자임에도 다들 말이 많았던 것이다.

그러나 이제는 적응이 되었기에 이소향은 아무렇지 않은 얼굴로 대답했다.

"저는 조용한 게 좋아요. 또 사부님도 계시고."

"섭섭하네요. 그래도 함께한 시간이 있는데."

"그러니까."

"우리만 아쉬운가 봐."

예상후와 허당천, 담승수가 서운한 표정을 지었다.

눈물까지는 아니더라도 아쉬운 표정 정도는 지을 줄 알았는데 너무나 담담해서였다.

"아예 못 보는 것도 아니고 잠깐 헤어지는 거 가지고 왜들 그래?"

그때 장일기가 태세전환을 했다.

너무 매달리는 것도 좋지만은 않아서였다.

더불어 스스로에게 하는 말이기도 했다.

헤어짐은 익숙하지 않지만 앞으로는 익숙해져야 했다.

"들으셨죠, 사고?"

"저 자식은 사고를 딱 저 정도로만 생각하는 겁니다."

"하지만 저희는 달라요."

"……어이."

장일기의 이마에 핏줄이 돋았다.

설마하니 자신을 제물로 사용할 줄은 몰라서였다.

그런데 더 그를 화나게 만드는 건 이소향이 작은 손으로 입을 가리고 웃는다는 점이었다.

"인정머리 없는 저놈은 잊으셔도 됩니다."

"저희만, 저만 기억해 주세요."

"다른 놈들은 몰라도 저는 내년에 반드시 옵니다! 혼자라도 올게요!"

"이 녀석들아. 사고 앞에서 이놈 저놈 하지 마라! 고운 말만 써야지!"

장일기는 아예 버려둔 채로 세 명의 소년들은 지들끼리 치고받았다.

그 모습에 장일기는 얼빠진 표정을 지었다.

불알친구라는 녀석들이 이렇게 손바닥 뒤집듯이 배신할 줄은 몰라서였다.

"조심히 가세요."

"걱정 안 하셔도 됩니다. 저희들끼리만 가는 것도 아닌데요."

"암요. 오히려 저희는 사고가 걱정입니다. 머지않아 함께온 언니, 오빠 들도 떠난다고 하지 않습니까."

이소향의 한마디에 세 사람이 언제 옥신각신했냐는 듯이 표정을 싹 바꿨다.

자신들을 걱정해 주자 감격했던 것이다.

하지만 그것도 잠시 세 소년은 염려 가득한 표정을 지었다.

"괜찮아요. 언니, 오빠 들도 각자의 미래를 위해 떠나는 거니까요. 가끔 무당산에 찾아오기도 하고, 나중에는 제가 찾아가도 되니까요."

"흠흠! 사고. 지금이 지나면 언제 다시 볼지 모르는데 말씀 편하게 하셔도 되지 않을까요?"

자연스레 밀려났던 장일기가 입을 열었다.

배분이 더 높음에도 불구하고 이소향이 여전히 자신들을 향해 존칭을 해 주고 있어서였다.

처음 만났을 때야 낯을 가린다고 생각했고, 이소향의 출신이 어떤지 알았기에 이해를 했으나 지금은 달랐다.

존중해 주는 것 같아 기분이 좋은 건 사실이지만 언제까지 이렇게 존대를 받을 수는 없었다.

"눈치가 보이시나요?"

"아뇨! 절대 그렇지 않습니다! 오히려 감사하면 감사했지 절대 그렇지 않습니다."

"저는 조금 보입니다. 하하."

"저희 잘못은 아닌데, 조금 눈치가 보이는 건 어쩔 수 없다고나 할까요?"

장일기가 허당천과 담승수를 창졸간에 째려봤다.

이소향이 눈치채지 못하게 은밀하게 노려봤던 것이다.

하지만 고작 째려보는 걸로 겁먹을 두 사람이 아니었다.

"어? 방금 전에 우리 노려본 거 같은데?"

"완전 이중인격자네. 사고 앞에서는 고분고분하더니. 장일기의 실체가 이렇습니다!"

떨기는커녕 되레 고자질을 해 버리는 두 친구의 모습에 장일기가 헛웃음을 흘렸다.

이렇게 홀랑 까발릴 줄은 꿈에도 예상하지 못했기에 장일기는 말문이 막혔다.

"다음번에는 편히 말하도록 노력해 볼게요. 근데 사부님께 여쭈어봤는데 크게 문제 될 거는 없대요."

"어, 사숙조께서 그리 말씀하셨다면 얘기가 달라지기는 하죠."

"맞아. 배분도, 위상으로도 사숙조님의 말에 반박할 사람은 몇 없지."

허당천과 담승수가 서로의 눈치를 보며 말했다.

그러나 문제는 유하성이 아니라 무당파의 다른 제자들이었다.

이소향이야 유하성의 제자이고 일대제자와 같은 배분이니 뭐라 할 이가 없겠지만 그들은 달랐다.

막말로 일대제자들이 꼬투리를 잡으면 가만히 당할 수밖에 없는 처지였다.

"사질들이 구박받을 일도 없을 거예요. 제가 나이는 어리지만 일대제자의 배분이니까요."

"하하하."

양손을 허리에 얹고 으스대듯 이소향이 말하자 네 명 다 웃음을 터트렸다.

사고라는 걸 알지만 너무나 귀여워서였다.

거기다 사질이라는 단어가 이소향의 입에서 흘러나오자 느낌이 색달랐다.

알고 있지만 이렇게 직접적으로 들으니 느낌이 남다르고 신기했다.

"또 저에게는 대사형도 계시고, 원호 사형도 있으니까요."

"굳이 원일 사백까지 가지 않아도 될 것 같습니다."

"원호 사백에서 사실상 다 정리되지."

"암."

사인방이 고개를 주억거렸다.

원일까지 갈 거 없이 원호 선에서 다 정리가 될 게 분명해서였다.

아무리 이소향이 탐탁지 않아도 면전에서 대놓고 그 티를 내지는 않을 터였다.

그리고 원호 선에서 정리가 안 된다면 문제가 커진다.

그 위로는 유하성이 있었고, 유하성이 나서면 명천과 명덕이 나설 가능성이 컸다.

거기까지 올라가면 사실상 무당파가 뒤집어진다는 말과도 같았다.

'패왕이라는 별호가 괜히 붙은 게 아니시니까.'

유하성은 하늘을 닮았다.

평소에는 조용하지만 분노하면 모든 걸 뒤집어엎어 버렸다.

한때 무당파의 천둥벌거숭이, 혹은 개망나니로 불렸던 원호가 괜히 꼼짝도 못 하는 게 아니었다.

"그러니까 다음에도 편하게 웃으며 봤으면 좋겠어요."

"물론이죠."

"사고께서도 그때까지 강녕하세요."

"무탈하시길 기원하겠습니다."

"저 혼자라도 꼭 오겠습니다."

사인방이 동시에 이소향의 손을 붙잡았다.

각각 두 명씩 손을 붙잡으며 마지막 인사를 나누었던 것이다.

그러나 안타깝게도 이별의 인사는 거기까지였다.

사인방 말고도 인사를 나누어야 할 속가제자들이 많아서였다.

"또 오겠습니다!"

"그때까지 건강하세요, 사고!"

"보고 싶을 겁니다!"

"모두 조심히 가세요."

그런데 다들 하나같이 이소향을 쉽사리 놓아주지 못했다.

왠지 모르게 나이 어린 여동생을 두고 가는 느낌이 들어서였다.

도리어 이소향이 담담하게 배웅을 해 주는 쪽이었다.

"생각 외로 사매가 의연하네요. 많이 힘들어할 줄 알았는데."

"다들 잊은 모양인데 소향이에게 이별은 익숙한 일이야."

"아."

인사를 나누는 아이들을 지켜보는 유하성의 곁으로 다가온 원상이 두 눈을 껌뻑거렸다.

잊고 있던 사실이 유하성의 말로 인해 떠올라서였다.

분명 이번 합동수련으로 정이 많이 들기는 했을 터였다.

하지만 가족에 비할 바는 아니었다.

"물론 그렇다고 해서 아쉬움이 없는 건 아니겠지만."

"사매가 조숙하기는 하죠."

"문제는 그게 꼭 좋은 일만은 아니라는 거지."

언제 왔는지 이춘상이 슬쩍 모습을 보였다.

오늘 거의 대부분의 속가제자들이 떠나기에 구경 나온 듯싶었다.

"그게 왜 문제야?"

"단어가 좀 그랬나? 뭐, 관점을 어디에 두냐에 따라 달라지는 건 사실이잖아."

"애 앞에서는 말조심해."

"물론이지. 나한테도 소향이는 소중해."

무당패왕

이춘상이 검지를 휘휘 흔들었다.

비록 동문도 아니고 제자도 아니지만 이소향은 그에게 있어 조카나 마찬가지였다.

실제로 그에게 삼촌이라 부르기도 했고.

"사숙께서는 한 말씀 안 하십니까?"

"장문사형도 계신데 나까지 나설 필요는 없지. 배분만 높을 뿐이지 난 딱히 직책을 가진 것도 아니니까. 게다가 인사는 미리 다 나눴고."

유하성이 몸을 돌렸다.

눈물바다가 된 대연무장과 달리 유하성의 발걸음은 거침이 없었다.

이별은 짧으면 짧을수록 좋다고 생각했기에 유하성은 먼저 처소로 돌아갔다.

"난 소향이랑 같이 가마!"

"그래."

등 뒤에서 들려오는 이춘상의 외침을 들으며 유하성은 발걸음을 옮겼다.

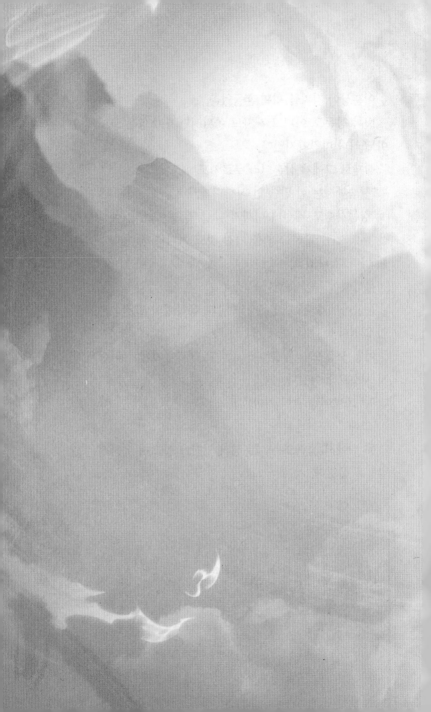

제82장 패왕覇王 대 검후劍后

이른 아침부터 유하성의 처소로 명천이 찾아왔다.

늘 그렇듯이 연락도 없이 대뜸 찾아온 명천은 당당하게 유하성의 앞에 앉았다.

"고생했다."

"아닙니다."

"뭐가 아니야. 거의 매일 나와서 애들 가르쳤다며."

유하성이 따라 준 차를 한 모금 들이켜며 명천이 피식 웃었다.

남들이 보기에는 별거 아닌 것처럼 보여도 누군가를 가르치는 일은 보통이 아니었다.

심지어 어린아이들은 더더욱 힘들었다.

"하다 보니 그렇게 됐습니다."

"거짓말은."

명천이 코웃음을 쳤다.

지금의 말이 거짓말임을 단박에 알아차려서였다.

"어릴 때 제 모습이 떠오르더라고요."

"넌 안 했잖아?"

"합동수련이라고 해서 모두가 다 적응을 하는 건 아니니까요."

"하긴. 성격도, 생각도 전부 다 다르니까. 잘 적응하는 아이가 있는 반면에 그렇지 않은 아이도 있지."

다시 한 모금 차를 들이켜며 명천이 고개를 주억거렸다.

몰래 한 번씩 지켜보러 갈 때마다 그의 눈에도 조금 겉도는 아이들이 있기는 했다.

"그런데 이번 정도면 잘된 거야. 첫날에 있었던 연가장 아이를 빼면 큰 싸움도 없었고. 그렇다고 파벌이 생기지도 않았지. 이 정도면 대성공이야."

"무사히 끝나기는 했지요."

"거기다 아이들의 성장세도 기대했던 것 이상이고."

"기간이 반년이나 되지 않았습니까. 한창 성장할 때이기도 하고요."

"내가 설마 그걸 모를까. 그런 점들을 감안해도 예상했던 것 이상이라 말하는 거야."

명천이 실소를 흘리며 고개를 저었다.

겸양도 좋지만 과하면 밉상이 되는 법이었다.

물론 유하성의 생각도 이해는 갔다.

유하성의 기준에서야 큰 발전이 아니겠지만 그건 그의 기준에서였다.

"그렇습니까."

"아마 모두가 같은 생각일 거다. 정말 다들 기대했던 것보다 훨씬 더 많이 성장했어. 다툼도 없었고. 매번 연가장의 아이 같은 녀석들이 사고를 쳤거든."

"근데 왜 놔두셨습니까?"

"앞에서는 잘했으니까. 뒤에서 그러는 걸 일대제자들이 일일이 파악하는 건 쉽지 않아. 거기다 무요 같은 녀석들이 뒤를 봐주면 더더욱 흔적이 남지 않고. 오히려 눈에 띄게 사고 치는 녀석들은 다루기 쉬워."

"……그렇긴 하죠."

영악한 이는 절대 흔적을 남기지 않는다.

오히려 누구보다 선한 가면을 쓰고 있었다.

그래서 더 무섭고, 끈질기며, 마지막까지 남는 게 바로 그런 이들이었다.

"거기다 진산제자와 속가제자 사이에 보이지 않는 골이 있거든. 이건 너도 알고 있겠지."

"예."

속가제자에 대한 차별은 유하성도 질리게 받았었다.

물론 장문인 입장에서는 그게 큰 문제는 아니었다.

골이 있다고 해서 통제가 안 되는 건 아니니까.

또한 크게 보면 다 같은 식구이기도 했고.

그러나 문제는 서로가 가진 생각이었다.

동문이고 식구이며 사형제간이지만 양측의 간극은 의외로 컸다.

"또 그걸 이용한 이들이 있었고. 어떻게 보면 내 잘못이지. 내가 관리를 제대로 하지 못한 거니까."

"쉽지 않은 일이라는 거 모두가 알고 있습니다."

"하지만 못한 건 못한 거니까. 인정할 건 인정해야지. 무슨 말을 해도 변명이고, 핑계니까. 그래서 대신이라고 하기에는 좀 그렇지만 내가 맡아서 해결할 생각이다. 오랫동안 곪은 일이니만큼 단번에 바뀌진 않겠지만, 그래도 죽기 전에는 어떻게든 끝을 보려 한다. 한 번에 바뀌기가 쉽지 않겠지만 말이지."

"계획은 있으십니까?"

"고민하는 중이다. 명덕도 같이. 그 녀석도 책임이 있으니까."

물귀신이라도 되는 것처럼 명천은 명덕을 끌어들였다.

하지만 명천의 말도 일리가 있었다.

어떻게 보면 적임자이기도 했고.

"비청당에서 손을 떼신다고 했는데, 당분간은 힘들겠군요."

"당연히 안 되지. 어느 정도 성과를 보기 전까지는 내가 허락하지 못해!"

"이제는 권한이 없지 않습니까?"

"권한은 없어도 입김은 있지."

"외압입니까."

유하성이 헛웃음을 흘렸다.

이렇게 당당히 외압을 넣겠다고 말할 줄은 몰라서였다.

"전대 장문인이면 그 정도 자격은 있지. 더욱이 난 명덕이 사형 아니더냐."

"응원하겠습니다."

"너는 구경만 하려고?"

"전 속가제자입니다만."

유하성이 단호하게 선을 그었다.

진산제자도 아닌 그가 문파 내의 일에 관여하는 건 월권이라고 생각해서였다.

"속가제자는 무당의 제자가 아니더냐?"

"그런 뜻이 아니란 거 잘 알고 계시지 않습니까. 그리고 필요하다면 나설 생각이 있습니다. 하지만 이런 문제는 제가 끼어들 일이 아니라고 생각합니다."

"말은 참 잘해."

명천이 눈을 흘겼다.

이춘상과 어울려서 그런지 어째 말을 점점 더 잘하는 것 같았다.

얄미울 정도로 말이다.

"괜히 분란만 일으킬 수도 있으니까요."

"그래도 할 말이 있으면 해야지."

"그건 당연하고요."

"어쨌든 내가 생각하고 있는 게 있으니까 나중에 도와 달라고 하면 퍼뜩 와서 도와줘."

"들어 보고요."

명천이 기가 차다는 표정을 지었다.

설마하니 이런 대답이 나올 줄은 몰라서였다.

그러나 유하성은 진심이었다.

아무리 명천이라도 무작정 도와줄 생각은 없었다.

"매정한 녀석. 빈말이라도 한달음에 달려오겠다고 하면 좀 좋아?"

"공과 사는 구분해야죠."

"에잉!"

명천이 대놓고 토라진 표정을 지었다.

하지만 그런 명천의 표정에도 유하성은 눈 하나 껌뻑이지 않았다.

"하실 말씀은 다 하신 겁니까?"

"다했으면 나가라는 거냐? 허참. 이제는 사질에게 축객령도 듣는구나. 세상이 많이 변했어…….."

"그냥 물어본 겁니다."

"누가 들어도 축객령인데."

"그렇다면 별수 없고요."

명천이 기가 막힌지 헛웃음을 흘렸다.

이렇게 순순히 인정할 줄은 몰라서였다.

"내가 오래 살기는 했어. 이런 대접이나 받고."

"농담한 겁니다."

"너는 무슨 말을 해도 농담 같지 않아."

"장문사형을 위해서라도 내부의 일에 가급적이면 관여하지 않을 생각입니다."

"알지. 네 생각을 내가 왜 모를까."

명천이 작게 한숨을 내쉬었다.

어째서 유하성이 은거하듯 연구동에서 조용히 지내는지 너무나 잘 알아서였다.

그리고 그걸 무율도 알고 있었다.

자신을 위해서 유하성이 자중하고 있다는 사실을 말이다.

"그러니 이해해 주시죠."

"이해하지. 근데 답답해서 그러지. 그보다 이대제자들 중에 눈에 띄는 아이들은 있느냐? 속가제자들까지 포함해서."

"잘 모르겠습니다."

"네가 왜 잘 몰라? 안목에도 일가견이 있는 놈이."

헛소리하지 말라는 듯이 명천이 콧방귀를 뀌었다.

보는 눈이 남다르다는 걸 누구보다 그가 잘 알아서였다.

"가능성은 모두에게 있으니까요. 그걸 만개하느냐, 하지 못하느냐는 다른 문제죠. 그래도 미래는 밝다고 생각합니다."

"왜?"

"노력하니까요. 재능만 믿고 게으른 이보다 발전 속도는 느릴지 모르지만 나중에 가면 상황은 많이 달라져 있을 겁니다. 그리고 갈대 하나는 약하지만 뭉치면 질겨지기도 하고요."

유하성이 합격진에 관심을 가지게 된 게 바로 제갈세가 때문이었다.

한 명 한 명의 무위는 그다지 대단한 수준이 아니었다.

오대세가의 무인으로서 부족한 건 아니지만 그렇다고 엄청나게 뛰어난 수준이라고는 보기 힘들었다.

냉정하게 말해 무난한 수준이라고 할까.

한데 그런 무인들이 모이자 예상 밖의 힘을 발휘했다.

"한마디로 눈에 확 띄는 아이는 없단 말이로구나."

"원일이나 원상과 같은 재능이 흔한 건 아니지 않습니까? 그렇다고 아이들의 재능이 부족한 것도 아닙니다."

"다 고만고만하다는 거 아냐?"

武當霸王
무당
폐왕

"반대로 말하면 어떻게 될지 아무도 모른다는 뜻이기도 하죠."

"너처럼 될 수 있다고 말하는 거 같은데, 그게 어마어마하게 어렵다는 건 알고 말하는 거지?"

명천 역시 아이들을 응원하는 쪽이었다.

가능성은 누구에게나 있다는 말에 동의하기도 했고.

하지만 냉정하게 말해 가능성은 그저 가능성일 뿐이었다.

현실적으로는 불가능에 가까웠다.

"압니다. 가능성이 희박하다는 것도. 그렇지만 미래는 모르는 거니까요. 아이들이 너무 잘 배워 주기도 했고요."

"확실히 합격진은 두말할 여지가 없더라. 나도 깜짝 놀랄 정도였어. 그렇게 세심하게 손을 볼 줄이야."

"저 혼자만 한 거 아닙니다."

"함께했어도 대단한 건 사실이니까. 다 같이 고생했으니 칭찬을 받을 자격은 충분하지. 소향이도 아이들이랑 많이 친해진 거 같기도 하고."

유하성은 고개를 주억거렸다.

이번 일정이 이소향에게도 좋은 경험이 되었다고 생각해서였다.

물론 아직 배분 때문에 낯선 건 있었지만.

그런데 그건 시간이 차차 해결해 줄 문제였다.

"어쨌든 고생했다고 말해 주고 싶었다. 내가 기대했던 것보다 더 성황리에 끝나기도 했고. 다른 아이들도 고생한 건 마찬가지지만 너에게는 더더욱 고마워서 말이지."

"무당파의 제자로서 당연히 해야 할 일을 했을 뿐입니다. 남이 아니기도 하고, 저 역시 느끼는 바가 많았습니다."

"그래. 그거면 됐다."

명천이 씨익 웃었다.

할 말이 있었지만 그는 아꼈다.

이미 알고 있는데 괜히 말을 더할 필요는 없다고 생각해서였다.

"아, 며칠 이내에 내 친구가 오는데 그 친구 제자가 널 찾아올 수도 있다. 그러니 너무 놀라지 말도록 해."

"친구분의 제자요?"

유하성이 의아한 표정을 지었다.

난데없이 누군가 찾아올지도 모른다고 하자 당혹스러웠던 것이다.

그런데 명천은 그런 유하성의 반응에도 그저 웃기만 했다.

"안 찾아올 수도 있고. 근데 내가 보기에는 찾아올 가능성이 커서. 그러니까 알고 있으라고. 모르는 상태에서 불쑥 찾아오는 것보다는 미리 알고 있는 게 낫잖아?"

"누굽니까?"

"미리 알면 재미없지. 온다고 연락은 왔는데 또 막상 늦어지거나 안 올 수도 있어서. 조금 제멋대로인 녀석이라. 누가 취선 친구 아니랄까 봐."

명천이 혀를 내둘렀다.

그러나 그 모습에 유하성은 조금 궁금해졌다.

저렇게 말하는 경우가 매우 드물어서였다.

"개방주님의 친구면 확실히 특이하긴 하겠네요."

"근데 성격은 정반대야. 그러니 조심해야 할 거다. 흐흐흐!"

의뭉스러운 미소와 함께 명천이 차를 들이켰다.

그날이 기대된다는 듯이 말이다.

비탈길에 켜켜이 쌓여 있는 낙엽을 밟으며 두 사람이 천천히 올라갔다.

주변의 풍광을 여유롭게 구경하면서 말이다.

"확실히 북쪽이라 그런지 더 쌀쌀한 거 같아요."

"지역적인 차이는 있을 수밖에 없지. 근데 확실히 명산은 명산이다. 산세가 보통이 아니야."

"영험한 기운이 느껴져요."

육십 대 안팎으로 보이는 여승의 말에 이십 대 중반의 여인이 고개를 끄덕였다.

사부의 말대로 산에서 뿜어져 나오는 기운이 범상치 않았다.

단순히 크고 장엄한 걸 넘어 무당산 특유의 기운이 있었다.

"괜히 천하를 호령하는 고수가 대대로 나오는 게 아니지."

"기대가 돼요. 그때 스치듯이 봤을 때도 대단했었는데."

"확실히."

여승이 고개를 주억거렸다.

제자의 말대로 짧은 마주침이었지만 그때의 기억은 그녀에게도 선명히 남아 있었다.

그 정도로 사내가 풍기는 기도는 인상적이었다.

"아마 더 강해졌겠죠?"

"그렇겠지. 시간도 제법 흘렀고, 제자도 들였다고 하니까."

"사부님은 누가 이길 것 같아요?"

"나야 당연히 우리 지연이 편이지."

비구니의 제자라고 하기에는 머리카락이 지나치게 긴 여인이 샐쭉한 표정을 지었다.

아무리 사제지간이라지만 너무 주관적으로 보는 것 같아서였다.

"정말로 그렇게 생각하세요?"

"당연하지. 승부라는 게 꼭 무공의 고하로만 정해지는 건 아니니까. 그렇다면 인생이 너무 재미없지. 변수와 예외라는

게 있으니까 삶이 재미있는 거 아니겠니? 아니면 혹시 벌써
부터 포기한 거니?"

여승의 말에 나지연이 고개를 크게 흔들었다.

그러자 질끈 동여맨 그녀의 긴 머리가 파도처럼 흔들렸다.

"아뇨. 사부님 말씀대로 결과는 붙어 봐야 아는 거니까요.
다만 너무 주관적인 관점으로 보고 계신 것 같아서요."

"내가 아니면 누가 제자 편을 들어 주겠니? 이건 당연한
거야."

여승, 심홍이 싱긋 웃었다.

모두가 나지연의 패배를 말해도 그녀만은 언제나 제자의
편이었다.

"저는 냉정하고 객관적인 대답을 듣고 싶었는데요."

"원한다면야 지금이라도 말해 주고."

"아니에요. 괜찮아요. 저도 충분히 알고 있으니까요."

"자신감을 가져. 너도 어디 가서 꿀리지 않으니까. 게다가
나도 덩달아 바짝 긴장해서 같이 폐관수련 했잖니."

"그랬죠."

나지연이 호승심 가득한 눈빛으로 멀리 보이는 산문을 쏘
아봤다.

정작 그녀가 찾는 이는 산문 어디에도 없었는데 말이다.

오히려 그녀의 강렬한 안광에 무당산을 찾은 시인묵객들
이 움찔했다.

그 모습에 나지연은 황급히 안광을 거둬들였다.

"누가 제자 아니랄까 봐 눈빛이 똑같네. 아주 사람을 잡겠어."

"마중이 너무 늦은 거 아닌가?"

"늦기는. 이 정도면 일찍 나온 거지. 자네이니까 내가 여기까지 나온 거지, 취선이었으면 나오지도 않았어."

"후후. 그 친구는 마중 나오기도 전에 자네 처소로 쳐들어갔을걸?"

심홍이 넉넉한 미소를 지으며 말했다.

그녀가 아는 취선은 능히 그러고도 남을 위인이어서였다.

"나이도 먹을 만큼 먹은 노파가 왜 그리 뛰어다니는지. 이제는 좀 엉덩이 무겁게 지내도 되련만."

"그렇게 태어난 걸 어찌하누. 사주에 역마살도 있고."

"근데 내 사주는 왜 안 봐 주는 거야?"

"스스로 봐. 나한테 묻지 말고."

"쯧."

명천이 혀를 찼다.

늘 이런 식이어서였다.

그러나 여기서 더 묻지는 않았다.

말해 주지 않는다는 건 그만한 이유가 있을 터였다.

"안녕하세요, 명천 대협. 소녀, 나지연. 오랜만에 인사 올립니다. 그간 무탈하셨는지요."

"나야 뭐, 늘 똑같지. 그런데 그새 발전했네? 폐관수련이라도 한 거야?"

"어떻게 아셨어요?"

조신하게 명천에게 인사하던 나지연이 두 눈을 동그랗게 떴다.

아무리 무당검선이라지만 이렇게 한눈에 알아볼 줄은 몰라서였다.

"척 보면 척이지. 내가 검선이란 칭호를 발로 거저 얻은 게 아니니까."

"검에 한해서는 인정할 수밖에 없지."

"말투가 영 이상한데? 검 말고는 인정할 게 없다는 건가?"

"취선에게 물어봐."

"고것의 말은 믿을 수가 없어. 허풍이 워낙 심해야지."

말도 안 되는 소리 하지 말라는 듯이 명천이 콧방귀를 뀌었다.

취선에게 물어보느니 차라리 지나가던 개에게 묻는 게 나았다.

"허풍은 심해도 거짓말은 안 하잖아?"

"대신에 말을 교묘하게 잘 비틀지."

"그 정도는 애교로 넘어갈 수도 있지 뭐."

"자네는 그게 되겠지만 난 아니라서."

명천이 단호하게 선을 그었다.

친한 건 사실이지만 그렇다고 또 엄청나게 친밀한 건 아니었다.

"참, 안내는 자네가 해 주는 건가?"

심홍이 화제를 돌렸다.

누군가 적당히 끊지 않으면 무한반복 된다는 사실을 잘 알아서였다.

"원한다면. 그나저나 놀랍구먼. 천하의 심홍이 무당산에다 오고. 한번 오라고 해도 섬에서 나오질 않더니."

"가끔 마실 삼아 나오긴 해. 다만 무당산까지 올 일이 없었을 뿐이지."

"와 보니까 어때?"

"좋구먼. 아담한 본산과 달리 장엄한 멋이 있어. 그러면서도 수려하고. 괜히 태극권이 태동한 게 아닌 듯해. 느낌이 비슷하다고나 할까."

명천의 입가에 흡족한 미소가 맺혔다.

무당파의 제자로서 무당산을 칭찬하는데 기쁘지 않을 리가 없어서였다.

더욱이 심홍의 후한 평가에 명천은 더욱더 기꺼웠다.

"취선에 비하면 확실히 보는 눈은 있어."

"안목은 내가 더 뛰어나지. 일단 맨정신이지 않나."

"큭큭!"

명천이 어깨를 들썩거렸다.

본능적으로 터져 나오는 웃음을 참아 보려고 했으나 실패했다.

그런데 웃는 건 명천만이 아니었다.

심홍의 옆에 있던 나지연도 굳은살이 가득한 손으로 입을 가리며 웃고 있었다.

"취선은 언젠가 술 때문에 후회할 날이 올 거야. 이제는 나이도 적지 않은데 젊을 때랑 똑같이 위장에 퍼붓고 있으니."

"이미 내가 천 번 넘게 말했다. 남의 말을 들을 거였으면 진즉에 들었지."

"하긴. 근데 유 공자는 아나? 우리가 찾아온 거?"

"언질은 해 뒀어. 누구라고는 말 안 했지만. 근데 신경 안 쓸걸. 그 녀석은 딱히 남의 일에 신경 쓰는 성격이 아니라서. 바쁘기도 하고."

어깨를 으쓱거리며 말하는 명천의 모습에 심홍은 고개를 주억거렸다.

그녀가 본 유하성이라면 충분히 그러고도 남았다.

"그럼 바로 비무를 할 수 있는 건가요?"

"글쎄. 그건 알아서 해야지?"

"네?"

잔뜩 기대하는 표정으로 물었던 나지연이 깜짝 놀라며 반문했다.

이런 대답을 예상하지는 못해서였다.

그러나 놀란 그녀의 표정에도 명천의 얼굴에는 장난기가 서렸다.

"내가 하성이의 사백이지만 이래라저래라할 권한은 없으니까. 다 큰 어른이기도 하고. 권유는 할 수 있지만 결정은 하성이가 하는 거지."

"허어. 무당의 권위도 예전 같지 않구면."

"난 이제 뒷방 늙은이이지 않나. 장문인은 무율이지. 후후!"

명천이 장난스럽게 웃었으나 나지연은 웃을 수가 없었다.

믿는 도끼에 발등을 찍힌 심정이었기에 그저 당혹스러울 뿐이었다.

"그래서 안 도와주겠다?"

"마중도 나와 줬고, 안내도 해 주고 있지 않나? 이 정도면 예우는 충분히 해 줬다고 생각하는데?"

"으음."

심홍이 침음을 흘렸다.

이렇게 말하니 할 말이 없어서였다.

그렇다고 명성으로 밀어붙일 상대도 아니었기에 심홍의 표정이 복잡해졌다.

"다 왔다. 저기가 현재 본 문에서 가장 중요한 연구동이다."

"아담하고 조용하네요."

"외진 곳에 있다고 돌려 까는 거지?"

"아뇨아뇨. 그럴 리가요!"

나지연이 황급히 손사래를 쳤다.

절대 그런 의도로 말한 게 아니어서였다.

"안다. 농담 한번 해 본 거야. 사실 나는 그렇게 생각하거든. 경내에서 너무 동떨어진 곳에 있어."

명천이 씁쓸한 표정을 지었다.

지금에야 연구동도 있고, 수용소에서 데려온 아이들이 머무는 숙소도 있지만 그 전에는 명운과 유하성이 머무는 처소만 덩그러니 있었다.

"사정이 복잡하기는 하지."

"자네가 짐작하는 것과는 조금 달라."

"그렇다고 해 두지."

"흥."

친구 사이라서 그런지 심홍도 만만치 않았다.

보통 무인이었으면 명천의 기도에 기가 팍 죽었을 텐데 심홍은 달랐다.

전혀 영향을 받지 않았다.

"저기 있구먼."

가볍게 명천을 제압한 심홍은 나지연을 이끌고 앞마당인지 연무장인지 구분이 가지 않는 곳으로 성큼성큼 걸어갔다.

"헙?!"

백현승과 곽두일의 대련을 지켜보던 이춘상은 갑자기 느껴지는 거대한 기운에 화들짝 놀랐다.

대놓고 풍기지는 않았지만 그 정도쯤 되는 고수는 상대가 기운을 갈무리했어도 어느 정도는 느낄 수 있었다.

완벽하게 갈무리해도 미세하게 흘러나오는 게 있었다.

더욱이 지금 느껴지는 기도는 이춘상이 아는 이였다.

"왜 그러세요? 어? 손님이신가?"

"명천 대협께서 직접 안내를 하신다는 건…….."

놀란 이춘상의 모습에 대련을 하던 백현승과 곽두일이 멈춰 서서는 고개를 돌렸다.

그리고 둘 다 똑같이 놀랐다.

명천이 두 여인을 데려오고 있어서였다.

정확하게는 여승과 여인이었는데 이춘상의 시선은 비구니에게서 못 박힌 듯이 꼼짝도 하지 않고 있었다.

"무슨 일이야?"

"손님이 오신 것 같아요, 형님. 명천 대협도 같이 오셨어요."

조금 떨어져서 이소향의 무공을 봐주고 있던 유하성이 다가왔다.

그러고는 고개를 돌려 입구를 바라봤다.

"음?"

"너도 기억하고 있구나?"

"기억 못 하기가 힘든 인물이잖아."

유하성의 동공이 살짝 커지자 백현승과 곽두일이 궁금한 표정을 지었다.

하지만 유하성도, 이춘상도 두 사람이 누구인지 말해 주지는 않았다.

"유명하신 분들이세요?"

"흐음."

백현승이 조심스럽게 묻는 것과 달리 곽두일은 미간을 좁히며 기억을 곱씹었다.

강호의 명숙이 분명했기에 혹시나 아는 사람들인가 생각해 봤던 것이다.

하지만 아무리 기억을 더듬어도 두 사람에 대한 정보는 떠오르지 않았다.

"유명하지. 특히 저 사태(師太)님은."

"맞아. 모르는 사람이 없지."

"옆에 있는 소저는 현재 떠오르는 신성이고. 나랑 하성이 때문에 빛이 바래긴 했지만 분명 대단한 무인이지."

"맞아."

이춘상과 유하성의 대화에 백현승이 알쏭달쏭한 표정을

지었다.

설명을 들어도 도무지 알 수가 없어서였다.

반면에 곽두일은 두 사람의 말에 무언가 떠오른 듯 입을 쩍 벌렸다.

"서, 서, 설마?"

"아마 곽 표두님이 짐작하시는 게 맞을 겁니다. 여검객으로는 천하제일인 분이시니."

"으헉!"

이춘상의 말에 곽두일의 얼굴에 있는 모든 구멍이 벌렁거렸다.

그 정도로 경악한 것이었다.

하지만 백현승은 여전히 모르는 기색이었다.

"당대의 검후와 차기 검후다."

"헉!"

그러나 이어진 유하성의 말에 백현승은 대경실색했다.

검후라는 말에 경악했던 것이다.

"근데 여긴 어쩐 일이지?"

"어르신과 친분이 있는 것 같은데? 같이 오시는 걸 보면. 사부님께 예전에 얼핏 들은 거 같아. 보타문에 친구가 한 명 있다고. 되게 깐깐하고 짜증 나며 얄미운 친구가."

"취선이 그렇게 말했니?"

"네."

거리가 제법 떨어져 있음에도 심홍의 말은 바로 옆에서 들리는 것처럼 또렷하게 들렸다.

그런데 놀라는 백현승, 곽두일과 달리 이춘상은 태연했다.

절대고수에게 이 정도 거리는 아무것도 아니란 걸 잘 알아서였다.

"역시 취선의 제자네. 아무렇지 않게 대답하는 걸 보면."

"사실이니까요."

"후후."

당돌한 이춘상의 모습에 심홍은 피식 웃었다.

그 사부에 그 제자라는 말이 절로 떠올라서였다.

하지만 거지에게 두꺼운 낯짝은 필수 능력이었다.

"오랜만에 뵙습니다, 보타문주님."

"처, 처음 뵙겠습니다! 대청표국의 백현승입니다!"

"만나 뵙게 되어 여, 영광입니다! 대청표국의 곽두일이라고 합니다!"

처음에만 놀랐을 뿐 이춘상은 이내 무덤덤하게 허리를 꾸벅 숙였다.

모르는 사이도 아니었기에 형식적으로 인사했던 것이다.

그리고 그걸 심홍 역시 당연하게 받아들였다.

대신 그녀는 유하성을 보며 눈을 빛냈다.

"반가워요. 유 공자는 오랜만이죠? 혹시 절 기억 못 하는 건 아니죠?"

"당연히 기억합니다. 정식으로 인사를 드리진 못했습니다만."

"이해해요. 그때는 전시상황이었으니까요. 한가하게 인사하러 돌아다닐 상황은 아니었죠."

심홍이 빙긋 웃었다.

상황이 상황이니만큼 충분히 이해할 수 있어서였다.

그리고 정식으로 인사하지 못했을 뿐 묵례는 했었다.

"이해해 주셔서 감사합니다, 문주님."

"여기는 제 제자예요. 스치듯이 본 적 있죠?"

"예. 만나서 반갑습니다. 유하성입니다."

"저야말로 반가워요. 보타문의 나지연이에요."

도발적인 눈빛과 함께 인사해 오는 나지연을 마주 보며 유하성이 고개를 끄덕였다.

이런 눈빛을 받은 게 한두 번이 아니었기에 이제는 덤덤하게 받아넘길 수 있었다.

속을 알 수 없는 의뭉스러운 상대에 비하면 차라리 이렇게 솔직한 게 더 나았다.

"문주님께서는 어쩐 일이십니까?"

"흐음? 여기 주인은 유 공자 아니었나?"

"에이. 전 하성이의 하나뿐인 친구이지 않습니까. 여쭈어 볼 자격은 있죠."

"하긴. 배분으로 보면 자격은 충분하지."

심홍이 고개를 주억거렸다.

배분을 제외하더라도 이춘상은 개방의 후개였다.

조금 의아하긴 해도 그녀에게 당돌하게 물어볼 정도의 자격은 있었다.

"솔직히 놀랐거든요. 문주님께서는 웬만해서는 외유를 안 하시지 않습니까."

"그랬었지. 근데 볼일이 있으면 나오긴 해. 번천회 때도 군말 없이 나왔다?"

"어, 그렇긴 하죠."

이춘상이 살짝 당황했다.

검후가 섬 밖으로 나오는 데 어떤 일들이 있었는지는 전혀 알지 못해서였다.

다만 명천과 취선의 연락이 있지 않았을까 하고 짐작만 할 뿐이었다.

"이번에도 이유가 있어서 나온 거고."

"혹시 하성이 때문입니까?"

"정확하게는 지연이 때문이지. 그렇다고 유 공자가 연관이 없는 건 또 아니고."

심홍이 의미심장하게 웃었다.

슬쩍 유하성을 쳐다보면서 말이다.

"제가요?"

"그래요. 지연이가 유 공자를 만나고 싶다고 얼마나 조르

던지.”

“예?”

“사, 사부님!”

웬만해서는 평정심이 흔들리지 않는 유하성이 예상치 못한 심홍의 말에 당혹감을 감추지 못했다.

그리고 그건 나지연 역시 마찬가지였다.

얼굴이 홍시처럼 변한 나지연은 지금 무슨 소리를 하느냐는 표정으로 심홍을 향해 부르짖었다.

“어머. 나 아직 귀 안 먹었어. 작게 말해도 다 들려.”

“원래 저런 성격이니까 놀랄 것 없다. 춘상이 봐라. 아무렇지도 않잖느냐.”

“저는 자주 들었습니다. 사부님과 함께 계시면…….”

명천의 말에 이춘상이 고개를 절레절레 저었다.

끝까지 말하지 않았지만 뒤의 의미는 충분히 전달이 되었다.

“말을 이상하게 한다?”

“전 별말 안 했는데요?”

“입심은.”

결백하다는 듯이 순진무구한 표정으로 대꾸하는 이춘상의 모습에 심홍이 실소를 흘렸다.

역시나 취선의 제자라는 생각을 하면서 말이다.

“비무 때문이겠군요.”

"맞아요. 사실 짐작할 것도 없잖아요? 아직 승적에 이름이 올라가진 않았지만 곧 비구니가 될 아이라. 아, 참고로 말하자면 아직 기회는 있어요."

심홍이 유하성을 바라보며 한쪽 눈을 찡긋거렸다.

하지만 그런 그녀의 행동에도 유하성은 꿈적도 하지 않았다.

오히려 명천이 어이없다는 표정을 대놓고 지었다.

"제자 앞에서 못 하는 소리가 없다?"

"틀린 말은 아니니까. 실제로 모든 걸 내려놓고 떠난 이들도 없지는 않아. 대신 다시는 무림에 발을 들이지 못할 뿐."

"쓸데없는 농담 할 거면 보타산으로 돌아가."

명천이 진지한 표정으로 말했다.

농담도 정도가 있었다.

그렇기에 명천은 딱 잘라 말했다.

"농담이지, 농담. 들은 바대로 너무 진지한 것 같아서."

"진짜 인연만 아니면……."

"인연만 아니면 뭐?"

"산문에 들이지도 않았을 거다."

"후후후."

진심이 담긴 어조에도 심홍은 여유롭게 웃었다.

보타문주라는 신분을 평소에는 잘 사용하지 않지만 필요한 때가 있다면 아끼지 않았다.

쓸 수 있는 패가 있는데 제대로 활용하지 못하는 것만큼 어리석은 일도 없었다.

"근데 뜻을 이루기는 쉽지 않을 거다."

"알고 있어. 결정권은 유 공자에게 있으니까."

아무하고나 비무해 주지 않는다는 걸 심홍도 알고 있었다. 왜 그러는지 십분 이해도 갔고.

그녀도 강호를 호령하는 절대고수였기에 비무첩을 수두룩하게 받았었다.

때문에 사람을 가릴 수밖에 없는 이유를 너무나 잘 알았다.

"지금 당장 부탁드리는 건 아니에요. 오늘은 인사를 드리러 왔어요. 지난번에는 제대로 인사하지 못했으니까요."

"그렇군요."

"그리고 제 의지도 전달할 겸 해서요."

"잘 전달된 것 같습니다."

"또 유 공자님만 목표로 온 건 아니에요."

나지연의 시선이 유하성의 옆에 서 있는 이춘상에게로 향했다.

그를 넘어야 유하성에게 도전할 자격이 있다는 걸 알았기에 나지연은 도전적인 눈빛으로 이춘상을 쳐다봤다.

"어후. 또 전가요."

"내 제자도 만만치 않다?"

"그렇겠죠. 차기 검후에 현재 소검후라 불리는 나 소저이지 않습니까."

이춘상이 툴툴거렸다.

동네북도 아닌데 여기저기서 너무 맞는 것 같아서였다.

물론 순순히 맞아 준 적은 없지만 그렇다고 이런 처지가 좋은 건 절대 아니었다.

"어째 말하는 투가 그리 긴장하지 않는 것 같다?"

"저도 만만치 않거든요. 괴물을 상대하기 위해서는 똑같이 괴물이 될 수밖에 없다는 말, 혹시 들어 보셨습니까?"

"다른 표현도 많은데 왜 하필 괴물이야?"

"저 녀석을 보면 괴물이라는 단어밖에는 생각나지 않거든요."

유하성을 힐끔거리자 심홍의 시선도 자연스레 이춘상을 따라 움직였다.

그리고 이내 고개를 주억거렸다.

심홍이 보기에도 유하성의 경지는 말이 안 되는 경지였다.

서른이 조금 넘은 나이에 천하십대고수에 거론되는 무인은 무림 역사상 정말 손에 꼽았다.

'심지어 더 강해진 거 같은데.'

중원수호맹의 총단에서 잠깐 스치듯이 본 게 다였지만 심홍 정도 되는 고수에게는 그 찰나의 순간만으로도 충분했다.

그렇기에 심홍은 그때보다 유하성이 더 발전했음을 단박

에 알아차렸다.

'쉽지 않을 거라 생각하긴 했지만……..'

심홍의 눈동자에 씁쓸함이 떠올랐다.

쉽게 따라잡기 힘들 거라 생각하긴 했지만 그래도 불가능하다고는 생각하지 않았다.

그런데 막상 이렇게 보니 격차가 좁혀지기는커녕 더 벌어진 듯했다.

나지연은 물론이고 그녀도 자기 수련을 포기하고 함께 폐관을 했음에도 불구하고 말이다.

'패왕은 패왕이라는 건가.'

심홍이 마음속으로 입맛을 다셨다.

아직 제자는 눈치채지 못한 듯했는데 그녀는 그게 더 안타까웠다.

'저 녀석도 만만치 않고.'

나지연이 이춘상 정도는 상대할 만하다고 말했으나 심홍이 보기에는 이춘상도 만만치 않았다.

괴물 옆에 있으면 다 괴물이 되는 모양인지 이춘상 역시 중원수호맹 총단에서 봤을 때보다 더 고강해져 있었다.

-어느 하나 만만치 않지?

-속 긁으려고?

그때 마치 그녀의 속마음을 읽기라도 한 것처럼 명천이 전음을 보내왔다.

괜히 천하십대고수가 아니라는 듯이 입술 하나 달싹이지 않고 있었다.

그러나 그건 심홍 역시 마찬가지였다.

-크크! 네 제자도 대단하지만 세상은 넓은 법이지.

-유 공자는 네 제자가 아닌 걸로 아는데.

-하지만 무당파의 제자지. 내 사질이기도 하고.

-대단하구먼.

심홍이 퉁명스레 대꾸했으나 명천의 미소는 짙어져만 갔다.

이러는 게 다 부러워서 그러는 것임을 너무나 잘 알아서였다.

-어쩌면 죽기 전에 본 문의 오랜 숙원이 이뤄지는 걸 볼 수도 있을 것 같아.

-쉽지 않을걸? 소림은 소림이야.

-알지. 근데 생각해 봐. 현재 소림에서 하성이에 견줄 만한 제자가 있어?

-또 모르지. 비밀병기가 있을지도. 화수분처럼 절대고수가 튀어나오는 게 소림이잖나.

심홍이 너무 앞서갔다는 듯이 말했다.

분명 이번 번천회와의 전쟁으로 소림사가 입은 피해는 컸다.

하지만 그렇다고 무당파의 숙원이 이뤄질 거라고 장담하

기는 힘들었다.

유하성이 어느 날 갑자기 툭 하고 튀어나온 것처럼 소림사라고 그러지 말란 법은 없었다.

-설레발치지 마라?

-그렇게 좋아하다가 고꾸라지는 녀석들 한두 명 봤어?

-불제자가 참 부정적이야. 좋은 말, 긍정적인 말 해 주면 어디가 덧나나?

-객관적으로 봐야지. 앞일이 어떻게 흘러갈 줄 알고.

-그런 사람이 왜 제자는 객관적으로 못 볼꼬?

명천의 말에 심홍의 양 볼이 살짝 붉어졌다.

역공을 제대로 당하자 말문이 막힌 것이었다.

"괜찮으시다면, 지금 바로 하죠."

"네?"

나지연은 물론이고 명천과 전음을 주고받던 심홍도 화들짝 놀랐다.

이렇게 순순히 요청을 받아들일 줄은 몰라서였다.

이춘상 역시 의외였던 모양인지 유하성을 쳐다보고 있었다.

"사백의 체면도 있는데 거절하는 것도 좀 그러니까요."

"봤지? 내 덕이야."

유하성의 말에 명천이 으스댔다.

어깨를 잔뜩 세우며 말하는 명천의 모습에 심홍이 실소를

무당패왕 武當霸王

흘렸다.

참 많이도 변했다는 생각이 들어서였다.

예전이었다면 그녀가 무당산에 오든 말든 마중은 나오지도 않았을 게 분명했다.

"처음으로 덕을 보네."

"감사합니다."

어이없어하는 심홍과 달리 나지연은 반색한 얼굴로 유하성을 향해 포권했다.

여인임에도 남자처럼 포권으로 고마움을 표현하는 모습에 유하성의 옆에 조용히 서 있던 이소향이 눈을 반짝였다.

지금껏 보아 온 여인들과는 조금 다른 것 같아서였다.

"변화가 너무 급격한 거 아냐? 사람이 갑자기 변하면 죽는댔어."

"죽기를 바라는 거냐?"

"그럴 리가. 친구로서 진심으로 걱정하는 거다."

"소향이 시집가기 전까지는 절대 죽을 생각 없다."

멍한 표정으로 자신을 바라보는 이춘상을 향해 유하성이 단호하게 말했다.

천하제일인은 아니지만 근래 들어 유하성은 이런 생각이 들었다.

적어도 혼자라면 어떤 상대라도 도망칠 수는 있겠다고 말이다.

"저, 저는 시집갈 생각 없는데요. 죽을 때까지 사부님 곁에 있을 거예요!"

그때 낭랑한 외침이 연무장을 갈랐다.

작은 몸에 어울리지 않게 이소향이 큰 목소리로 소리쳤던 것이다.

금방이라도 터질 것처럼 새빨개진 얼굴을 하고서 말이다.

"응? 하성이가 결혼해도?"

"네!"

"허어. 하성이 입장도 생각해 줘야지."

"어……."

이어지는 이춘상의 말에 이소향의 눈동자가 흔들렸다.

거기까지는 미처 생각하지 못해서였다.

그런 이소향의 모습에 이춘상이 능글맞게 웃었다.

"하성이도 장가가야지. 여자가 없는 것도 아니고 몸도 멀쩡한데. 눈치가 조금 없기는 하지만 그건 단점이 아니지."

"애한테 무슨 소리야. 듣지 마."

"네!"

유하성이 말을 잘랐다.

아이 앞에서 못 하는 소리가 없어서였다.

"우리 소향이, 사백조에게 올까? 하성이는 이제 비무를 해야 하거든."

"네에!"

"옳지. 시끄러운 사람 옆에 있으면 볼 것도 제대로 못 본단다."

"네!"

"허!"

이춘상은 냉큼 명천에게 안기는 이소향의 모습에 헛바람을 들이켰다.

그간 챙겨 준 게 얼마인데 명천의 말에 순순히 수긍하자 이춘상은 어이가 없었다.

"다 자업자득이니라."

"아니, 제가 뭘 했다고⋯⋯."

"시끄럽다."

"넵."

명천이 눈썹을 꿈틀거리며 매서운 안광을 쏘아 내자 이춘상은 입을 다물었다.

사람마다 용납하지 못하는 선이 있었다.

그걸 이춘상은 귀신같이 알았기에 더 이상 입을 열지 않았다.

"시작할까요."

"네."

"주변은 걱정하지 말고 맘껏 겨뤄 봐. 나도 있고, 저 비구니도 있으니까."

"알겠습니다."

"감사합니다, 대협!"

이소향을 한 팔로 안은 채로 명천이 말하자 유하성과 나지연이 대답했다.

그런데 여유가 있는 유하성과 달리 나지연은 벌써부터 긴장한 티가 역력했다.

담담한 척했지만 지켜보는 모두가 알고 있었다.

초반부터 분위기가 유하성에게 완전히 넘어가 있다는 사실을 말이다.

"저는 준비되었습니다."

"저도 준비되었어요."

스릉.

유하성은 두 팔을 늘어뜨린 채로 입을 열었다.

사실 그는 준비라고 할 것도 없었다.

그냥 서 있는 것만으로도 준비가 된 상태였으니까.

반면에 나지연은 허리에 패용하고 있던 검을 뽑고서 자연스레 늘어뜨렸다.

"호오."

기수식도 취하지 않고 자연스럽게 검을 늘어뜨리는 자세에 명천의 눈에 이채가 어렸다.

자세만 보아도 그는 어느 정도 수준인지 알 수 있어서였다.

"한 가지 부탁드리고 싶은 게 있습니다."

武當霸王
무당
패왕

"부탁이요?"

긴장한 나지연과 달리 시종일관 차분한 신색으로 서 있던 유하성이 고개를 갸웃거렸다.

뜬금없이 부탁하고 싶은 게 있다고 하자 의아했던 것이다.

"비무를 청하는 주제에 이런 부탁을 드리는 게 참 염치없지만, 그래도 꼭 부탁드리고 싶습니다. 무당의 십단금을 견식해 보고 싶습니다."

"십단금이라."

"무당산에 오면서 우연히 들었습니다. 얼마 전 점창파와 종남파가 찾아왔다는 것을요. 두 곳의 대제자와 비무를 할 때 태극권만 사용하셨다고 들었습니다. 그러나 저는 십단금을 직접 겪어 보고 싶습니다. 아, 그렇다고 해서 태극권을 얕보는 건 절대 아닙니다!"

나지연이 황급히 양손을 흔들었다.

얼마나 다급했는지 그녀는 오른손에 검을 쥐고 있다는 사실도 잊은 채로 양팔을 휘저었다.

다행히 빠르게 검을 잡고 있는 걸 인지하고서 그만두었지만 놀란 마음은 충분히 전달되었다.

"안 될 건 없죠."

"부탁드리겠습니다."

나지연이 고개를 꾸벅 숙였다.

그녀는 진심으로 십단금을 받아 보고 싶었다.

유하성을 단숨에 패왕으로 만들어 준 무공을 말이다.

"좋습니다."

"그럼, 가겠습니다."

나지연은 흥분으로 잠시 흐트러진 호흡을 가다듬었다.

그러자 그녀의 눈빛이 달라졌다.

방금 전과는 완전히 다른 눈빛과 기도가 폭발적으로 솟구쳤다.

'참 신기한 동네라니까.'

갈무리해 두었던 기도를 일시에 드러내자 나지연의 존재감이 사방팔방으로 퍼져 나갔다.

그 모습에 유하성은 속으로 피식 웃었다.

참으로 천재가 많은 곳이 무림이라는 생각이 들어서였다.

마치 화수분처럼 인재가 터져 나오는 모습에 유하성은 역시 방심할 수 없는 곳이라고 생각했다.

꿀꺽!

그리고 그 생각은 적당히 떨어져 있는 이춘상도 마찬가지인 듯했다.

나지연이 마음먹고 존재감을 드러내자 이춘상이 놀란 게 기감에 잡혔다.

얼마나 놀랐는지 스스로 입을 쩍 벌리고 있다는 사실도 모르는 듯했다.

"차합!"

유하성이 거기까지 생각했을 때 나지연이 기합성과 함께 달려들었다.

모든 준비를 끝마치고 완벽한 순간이라고 생각이 들었을 때 땅을 박찬 것이었다.

소검후(小劍后)라 불리는 여검객답게 나지연의 찌르기는 간결하면서도 빠르고, 매혹적이었다.

아무 생각 없이 봤다면 검격에 혼이 빨려 들어갈 정도로 말이다.

'원래대로라면 태극신보로 피했겠지만…….'

나지연의 검은 소검후라는 별호가 아깝지 않을 정도로 매섭고 강력했다.

일절 군더더기 없이 오직 찌르기에만 집중된 검격은 한 줄기 벼락같았다.

발검술도 아니고 쾌검도 아닌데 유하성이 느끼기에는 상조영이 펼쳤던 분광검법보다도 더 빠르게 느껴졌다.

그러나 그의 시야에서 벗어날 정도는 아니었다.

쩌어어엉!

나지연이 십단금을 원했기에 유하성은 피하지 않았다.

기본적으로 극도의 효율을 추구하는 유하성에게 충돌은 마지막 선택지였다.

피하는 것보다 막거나 받아치는 게 내공소모가 더 크니까.

그래서 평소에는 충돌을 가급적 피했었다.

하지만 지금은 달랐다.

나지연이 부탁했기에 유하성은 회피 대신 정면대결을 선택했다.

"큭!"

그 결과 기세 좋게 달려들던 나지연의 신형이 파도처럼 출렁였다.

달려든 건 그녀인데 도리어 튕겨져 나갔던 것이다.

쿠웅!

그러나 밀려 나면서도 나지연은 포기하지 않았다.

양발에 힘을 주고 버티면서 충격을 최대한 흐트러뜨렸다.

그로 인해 연무장 바닥에 깊은 고랑이 생겼지만 나지연은 오직 유하성만 쳐다봤다.

"하아압!"

무려 반 장 가까이 밀려 났던 나지연이 재차 달려들었다.

방금 전의 충격은 완전히 해소했다는 듯이 무시무시한 검강을 일으키며 유하성에게 휘둘렀다.

쌔애애앵!

올곧게 솟은 황금빛 검강이 유하성을 양쪽으로 쪼개 버릴 기세로 떨어져 내렸다.

한 줄기 벼락처럼 눈부신 속도로 정수리를 노리고서 쇄도했던 것이다.

꽈아앙!

하지만 이번 역시 결과는 방금 전과 같았다.

유하성의 장력에 나지연의 검강은 힘없이 튕겨졌다.

그뿐만 아니라 이번에도 몸이 크게 휘청거렸다.

제자리에서 꼼짝도 하지 않은 유하성과는 다르게 말이다.

으득!

그 모습에 나지연이 주춤주춤 뒷걸음질치면서도 아랫입술을 깨물었다.

자신보다 강하다는 건 알았지만 이 정도일 줄은 몰라서였다.

제아무리 십단금이 대단하다고 해도 나지연은 격차가 그렇게 크지는 않을 거라 생각했었다.

유하성은 분명 강하지만 그녀는 번천회와의 전쟁이 끝난 후 폐관수련에 들어가 죽기 살기로 무공을 연마했었다.

한데 유하성을 조금도 밀어 내지 못하자 나지연은 자존심이 상했다.

'아직! 아직이야!'

웅웅웅웅!

나지연이 검을 있는 힘껏 움켜잡았다.

이번 초식에 모든 걸 걸겠다는 듯이 말이다.

마치 사생결단이라도 내겠다는 기세로 나지연은 이번 공격에 모든 것을 쏟아부었다.

"으아아압!"

말 그대로 젖 먹던 힘까지 짜내는 듯 나지연이 처절한 기합성과 함께 다시 한번 유하성에게 달려들었다.

이번에는 지금까지와 달리 현란한 검세를 선보이면서 말이다.

검강으로 이루어진 수십, 수백 개의 검영(劍影)이 마치 파도처럼 일어나 유하성을 덮쳤다.

단숨에 집어삼킬 기세로 말이다.

스윽.

검영이지만 하나하나가 실체인 것처럼 맹렬한 기운을 품고 있었다.

실제로 검강으로 이루어져 있기도 했고.

그러나 전방과 좌우를 빼곡하게 채우는 수백 개의 검강에도 유하성의 표정은 평온했다.

투혼을 불태우는 나지연과 달리 여전히 여유가 있었다.

콰과과광!

그리고 그 이유를 유하성은 실력으로 증명했다.

세 번째 십단금을 펼치며 나지연의 검세를 단숨에 짓뭉개 버렸던 것이다.

유하성은 딱히 크게 움직이지도 않았다.

그저 제자리에 서서 세 번째 장력을 뿌렸을 뿐이었다.

"커헉!"

그런데 단순하기 짝이 없는 십단금에 나지연이 속절없이

튕겨져 바닥을 굴렀다.

혼신의 힘을 다해 검을 뿌렸음에도 끝내 십단금의 위력을 넘어서지 못한 것이었다.

심지어 유하성은 나지연의 몸이 아니라 일부러 검신을 때렸음에도 나지연은 충격으로 인해 다리가 풀렸다.

털썩!

창백해진 안색으로 겨우 일어났던 나지연은 스스로의 의지와는 다르게 바닥에 주저앉아 헛웃음을 흘렸다.

내공도 아직 여유가 있고, 체력도 거의 소모되지 않았다.

그러나 몸이 그녀의 말을 듣지 않았다.

"끝났네. 더는 무리야."

"그렇구먼."

주저앉은 채로 얼굴 가득 허탈한 표정을 짓고 있는 나지연의 모습에 명천이 입을 열었다.

굳이 더 할 이유가 없다고 생각해서였다.

그리고 그건 심홍도 같은 생각이었다.

여력은 분명 있지만, 더 겨룰 수 있는 상태가 아니었다.

"저는 더 할 수 있어요!"

"무리야."

"사, 사부님!"

두 사람의 대화를 들은 나지연이 소리쳤다.

하지만 심홍은 단호하게 고개를 저었다.

아쉬운 마음을 모르는 건 아니나 여기까지였다.

승부가 난 걸 떠나서 지금 나지연의 몸 상태로는 비무를 이어 갈 수 없었다.

"욕심부리지 마. 아닌 건 아닌 거야. 혼자 일어나지도 못하면서 왜 욕심을 부려?"

"조금만, 조금만 시간이 지나면……."

"실전이었다면 넌 이미 죽었어."

심홍이 냉정하게 말했다.

그녀는 언제나 나지연의 편이었으나 지금과 같은 상황에서는 현실을 알려 줄 필요가 있었다.

더욱이 무인은 실력으로 스스로를 증명하는 존재였다.

그러니 인정할 건 인정해야 했다.

"……죄송합니다."

"나보다 먼저 사과를 해야 할 사람이 있을 텐데?"

"죄송해요, 유 공자님."

가까스로 일어난 나지연이 겨우 균형을 잡고서 사과했다.

그러나 두 다리는 여전히 부들부들 떨리고 있었다.

"보타문의 검을 견식하게 되어 영광이었습니다."

"저야말로 영광이었습니다. 복원된 십단금을 직접 보고, 느꼈으니까요."

나지연이 힘겹게 웃었다.

그런데 그때 그녀의 곁으로 작은 그림자가 다가왔다.

바로 사부인 심홍이었다.

조용히 다가온 심홍은 나지연을 자연스럽게 부축했다.

"고생했어요."

"아닙니다."

"그리고 지연의 갑작스러운 청을 들어주어서 고마워요."

"저에게도 유익한 시간이었습니다."

"만약 본 문의 검을 더 보고 싶으면 언제라도 말해요. 제자의 부탁을 들어주었으니, 저도 한 번은 들어드릴게요."

유하성의 눈이 살짝 커졌다.

생각지도 못한 호의에 놀란 것이었다.

"기억해 두겠습니다."

"다만 시간이 정해져 있단 것만 알아줘요. 유 공자나 지연이와 달리 나에게는 남은 시간이 그리 많지 않으니까요."

"좋은 날에 왜 재수 없는 말을 하고 그래?"

여전히 이소향을 안은 채로 명천이 다가왔다.

그런데 그가 인상을 있는 대로 썼다.

아무리 나이가 적지 않다지만 그래도 하지 않아도 될 말을 하고 있어서였다.

"내가 틀린 말을 한 건 아니잖아? 사실 이번 외유가 마지막이라 생각하고 있기도 하고."

"마지막은 무슨. 이십 년은 거뜬히 살겠는데."

"내 몸은 자네보다 내가 더 잘 알지 않을까?"

"한마디도 안 지지."

"후후후."

고개를 절레절레 젓는 명천의 모습에 심홍이 해맑게 웃었다.

그런 그녀의 모습에 명천은 헛웃음을 흘리고는 입을 열었다.

"따라와. 당분간 머물 숙소로 안내해 줄 테니."

"혹시 이곳에 빈방 없어? 나는 여기가 마음에 드는데."

"어디서 은근슬쩍 본 문의 비지(秘地)에 머물려고 해? 어림도 없어."

"연구동이 언제부터 비지였어?"

명천이 얼굴을 잔뜩 일그러뜨렸다.

그에게는 심홍의 시커먼 속내가 훤히 보여서였다.

빈방은 꽤 있었지만 명천은 두 사제를 연구동에 머물게 할 생각이 없었다.

"어쨌든 안 돼. 따라와."

"그럼 이왕이면 가까운 곳으로 부탁해. 지연이가 이곳에 자주 올 것 같아서."

"따라오기나 해."

뒤를 돌아보지도 않고서 명천이 퉁명스레 대답했다.

그냥 따라오라는 듯이 말이다.

지극히 강압적인 모습이었으나 이게 오히려 더 익숙한

무당
폐왕

모양인지 심홍은 빙그레 웃으며 유하성 일행에게 눈인사를 했다.

"다음에 또 봐요!"

심홍의 부축을 받으면서 나지연이 소리쳤다.

여전히 호승심이 가득한 눈빛으로 말이다.

이대로 끝낼 생각이 절대 없다는 듯한 그녀의 눈빛에 유하성은 실소를 흘렸다.

"되게 재미있는 이모 같아요."

"무섭지는 않고?"

"쪼끔 무섭긴 해요. 헤헤헤."

어느새 유하성의 옆에 찰싹 달라붙은 이소향이 혀를 쏙 내밀었다.

아무래도 지금까지 만났던 여자들과는 성향이 완전히 다르기에 재미있다고 표현하는 것 같았다.

"근데 왜 이모야? 제갈 소저나 황 소저, 남궁 소저는 언니라고 하면서."

"언니라는 말이 쉽게 안 나와요."

"그런가."

이해하기 어려운 말이었는데 이상하게도 유하성은 납득이 되었다.

나지연의 인상과 풍기는 분위기를 생각하면 살갑게 다가가기는 힘들 터였다.

스스로의 기세를 갈무리한다고 해도 미세하게 흘러나오는 건 어쩔 수 없었다.

아니, 일단 눈빛부터가 웬만한 무인은 잡아먹고도 남았다.

"너무 강한 건 부러지기 마련인데 말이지."

"너에게도 해당되는 말인 거, 알고 있지?"

"난 이미 그 수준을 벗어났지."

"그래?"

으스대듯 이춘상이 말했으나 유하성은 동조하지 않았다.

그가 보기에 나지연과 이춘상의 격차가 그리 크지 않아서였다.

둘을 직접 상대해 봤기에 유하성은 확실하게 말할 수 있었다.

"진짜 세상 넓다는 말이 와닿네. 현광이도 갑자기 하늘에서 뚝 떨어지듯이 나타나더니 소검후까지."

"그러니 긴장해야지. 네 말대로 괴물들이 득시글거리는 게 이 무림 아냐?"

"너도 하늘에서 갑자기 뚝 떨어졌지."

이춘상이 불만 가득한 눈빛으로 유하성을 노려봤다.

하지만 강렬한 그의 안광에도 유하성은 눈 하나 꿈쩍하지 않았다.

"대신 정신 차렸잖아? 일종의 충격요법인 거지."

"말발이 늘었어."

무당
패왕

"누구 덕분에 많이 보고 배웠지."

"허참."

유하성이 말하는 누구가 자신이란 걸 알았기에 이춘상이 헛웃음을 흘렸다.

그러나 그 생각은 잠깐뿐이었다.

이내 그의 머리가 복잡해졌다.

구룡이 후기지수들 중에 최고라고 했는데 그건 다 헛소리였다.

검후와 소검후가 찾아왔지만 유하성의 일과는 거의 달라지지 않았다.

손님은 손님일 뿐 유하성에게 제일 중요한 사람은 누가 뭐래도 제자인 이소향이었다.

명운이 그랬던 것처럼 유하성에게 이소향은 단순한 제자가 아니었다.

"후우우. 후움."

흐른 시간만큼 제법 길어진 팔다리를 오므려서 가부좌를 틀고 앉아 운기조식을 하는 이소향의 모습을 유하성이 옅게 웃으며 지켜보고 있었다.

처음에는 오래 집중하는 것을 힘겨워했는데 이제는 완전

히 적응해서 알아서 잘했다.

　급격하진 않지만 내공 역시 꾸준히 늘고 있었고.

　'태극심법은 원래 축기가 느린 내공심법이니까.'

제83장 드디어

무당파의 기본공답게 태극심법은 축기가 절대 빠른 내공 심법은 아니었다.

무림인이라면 대부분 알고 있기도 했고.

또한 아류도 많았다.

하지만 그건 달리 말하면 안정성만큼은 그 어떤 내공심법 보다 뛰어나단 이야기였다.

보편적으로 알려졌다는 건 안정성을 인정받았다는 뜻이니까.

더욱이 태극일원신공(太極一元神功)으로 넘어가기 위해서는 태극심법이 일정 수준이 되어야만 했다.

'나는 거기까지 가는 데 오랜 시간이 걸렸지만 소향이는

다르지.'

유하성의 경우에는 가뜩이나 지지부진했던 진척이 더욱 느릴 수밖에 없었다.

태극심법으로는 태극일원신공을, 태극권으로는 진무 태극권과 면장, 십단금을 뽑아내야 했기에 아무래도 시간이 오래 걸릴 수밖에 없었다.

그러나 이소향은 달랐다.

유하성이 겪었던 시행착오를 겪을 필요가 없었다.

'적어도 지금 내가 오른 수준으로 향하는 왕도, 아니지. 지름길을 알고 있으니까.'

제자라는 건 사부의 진전을 잇는 이였다.

그리고 현재 유하성의 유일한 제자는 이소향이었다.

또한 앞으로도 첫 번째 제자는 이소향뿐일 것이기에 유하성은 빙그레 웃었다.

'응?'

그런데 그때 유하성의 기감에 기이한 현상이 잡혔다.

내공을 유형화할 정도로 이소향은 공력이 많지 않았다.

유하성이 꾸준히 도와주었음에도 이제 고작 오 년 남짓한 공력이 단전에 쌓여 있을 뿐이었다.

한데 그 작은 공력이 이소향의 모공에서 꿈틀거리고 있었다.

'뭐지?'

적은 양이니만큼 유하성으로서도 집중하지 않으면 느끼기가 힘들었다.

하지만 중요한 건 그게 아니었다.

이소향의 상태가 제일 중요했기에 유하성은 빠르게 한 바퀴를 돌며 몸 곳곳을 살폈다.

그러나 이상하거나 문제가 될 법한 것들은 없었다.

'이런 경우는 나도 처음인데.'

생전 처음 보는 경우에 유하성이 고개를 갸웃거렸다.

그러고는 안력을 집중하며 물아일체에 빠진 듯 운기행공을 하고 있는 이소향을 살펴봤다.

'소향이의 의지인가?'

유하성의 미간에 깊은 골이 생겼다.

누구보다 오랜 시간 태극심법을 익혀 왔고, 연구해 왔으나 이런 적은 처음이었다.

기본공인 만큼 가장 기본적인 내공심법이었기에 딱히 특별한 묘리도 없었다.

가장 기본적이기에 모든 걸 담을 수 있었으니까.

때문에 연마하는 과정에서 변수라고 할 게 없었다.

역천의 묘리가 담긴 마공이라면 모르겠으나 태극권은 정공 중의 정공이었다.

스으윽.

유하성으로서는 도무지 이해할 수 없는 광경에 머리가 복잡해져 갈 때 이소향의 모공에서 아지랑이처럼 솟아났던 기운이 다시 체내로 사라졌다.

눈에 보이지는 않지만 기감으로는 선명하게 느껴졌다.

'흐으음.'

분명 확실하게 느껴지는 변화이건만 이소향의 표정은 평온했다.

이제는 익숙해진 운기행공을 하는 표정 그 이상도, 이하도 아니었다.

그래서 유하성은 더더욱 머리가 복잡해졌다.

'또.'

머리에 수만 가지 생각이 떠오르고 사라지기를 반복할 때 또다시 이소향의 전신에서 아지랑이가 솟구쳤다.

아지랑이라고 하기에도 애매할 정도로 짧고 가늘었으나 중요한 건 원인을 알 수 없는 변화라는 것이었다.

때문에 유하성은 그 어느 때보다 집중해서 이소향을 살폈다.

물어보는 게 가장 확실하지만 운기행공을 방해하는 아주 위험한 행위였다.

"음?"

그때 유하성의 동공이 커졌다.

유심히 제자를 살펴보던 유하성의 두 눈이 휘둥그레졌던 것이다.

동시에 유하성은 머리에 벼락을 맞는 것 같은 느낌을 받았다.

'허어.'

부지불식간에 찾아오는 게 깨달음이라는 말처럼 유하성은 두 눈을 감았다.

생각지도 못한 순간에 찾아온 깨달음을 받아들이고 정리하기 위해서였다.

대오각성까지는 아니더라도 유하성은 이번에 느끼는 바가 많았다.

후우우웅.

선 채로 두 눈을 감은 유하성을 중심으로 주변의 대기가 묵직하게 일렁였다.

마치 유하성을 호위하듯 느릿하게 배회했던 것이다.

스르륵.

순식간에 뒤바뀐 기운에 이소향이 눈을 떴다.

잠잠하던 대기가 한곳을 중심으로 회전하자 변화를 느끼고 운기행공을 끝낸 것이었다.

한창 대주천 중이었다면 끝내기가 쉽지 않았겠지만 거의 마무리 단계였기에 이소향은 안전하게 운기행공을 끝내고서 눈을 떴다.

그러자 가만히 선 채로 무아지경에 빠져 있는 유하성의 모습을 볼 수 있었다.

'조용히 해야 해!'

두 눈을 감고 있는 유하성을 본 순간 이소향은 본능적으로 알 수 있었다.

유하성이 아주 중요한 순간을 맞이하고 있다는 사실을 말이다.

그것도 절대고수가 깨달음을 얻고 있는 순간이었기에 이소향은 두 눈을 반짝이며 양손으로 입을 막았다.

혹시라도 호흡 소리가 유하성에게 방해될까 싶어서였다.

웅웅웅.

꼼짝도 않고 있는 유하성과 달리 그를 중심으로 휘몰아치는 기운은 점점 더 거대해지고 강렬해지고 있었다.

그뿐만 아니라 주변의 기운이 빠르게 유하성에게 집중되었다.

대기의 기운이 유하성에게 흡수된다기보다는 잡아먹히는 듯한 느낌이었다.

'지금까지와 달라.'

그 느낌에 이소향의 솜털이 전부 다 일어섰다.

지금까지 보았던 유하성의 운기행공과는 전혀 달라서였다.

하지만 그렇다고 딱히 위험하거나 불안정한 느낌은 아니었다.

오히려 절대고수다운 풍모가 느껴졌다.

'절대 방해해선 안 돼.'

설사 이상한 점이 보이더라도 절대 방해해서는 안 되었다.

도와주려는 행동이 도리어 그를 위험에 빠뜨릴 수도 있어서였다.

무인에게 있어 운기행공의 순간이 얼마나 위험한지 명천에게 수십 번도 더 들었기에 이소향은 두근거리는 심장을 느끼며 제자리에서 꼼짝도 하지 않고 유하성을 지켜봤다.

후우우웅!

그 순간 대기의 기운이 다시 한번 변화했다.

유하성을 중심으로 동심원을 그리듯 싹 집어삼키던 기운이 일시에 사라졌던 것이다.

그로 인해 일정 공간에 공백이 생겼고, 바람이 일어났다.

사방에서 자연스럽게 바람이 몰아쳤던 것이다.

번쩍!

그와 동시에 유하성이 두 눈을 떴다.

눈부신 기광을 번뜩이면서 말이다.

"호법을 서 줬구나?"

"헤헤. 제가 굳이 필요는 없을 것 같았지만요."

"그래도 고마운 건 고마운 거지."

"깨달음을 얻으신 거 축하드려요!"

적당히 떨어져 있던 이소향이 훌쩍 다가와서는 두 눈을 반짝였다.

이소향의 수준에서 유하성이 어느 정도나 강해졌는지 알수는 없지만 한 가지는 분명하게 알았다.

유하성 정도의 무인에게 깨달음이란 어마어마한 가치가 있다는 사실을 말이다.

"축하 인사를 받기에는 조금 민망하구나. 소향이 덕분에 얻은 깨달음이라."

"제 덕분에요?"

이소향이 토끼 눈을 떴다.

운기조식을 한 것밖에 없는데 깨달음을 얻었다고 하자 놀란 것이다.

"응. 소향이가 운기조식 할 때 미세하게 주변의 기운을 잡아끌더라고. 그거 일부러 그런 거지?"

"그런 게 보이세요?"

이소향의 두 눈이 더 커졌다.

검기처럼 기운이 유형화된 것도 아닌데 유하성이 정확히 알고 있자 놀란 것이었다.

"보인다기보다는 느껴진다고 해야 하나? 기감으로 느껴지니까. 근데 역시 일부러 그런 거구나. 왜 그랬는지 물어봐도 될까?"

"어……."

"괜찮아. 편하게 말해도 돼. 내가 알고 있는 게 꼭 정답인 건 아니니까."

눈치를 살피는 이소향의 모습에 유하성이 싱긋 웃었다.

안정적이다라는 말은 변화가 없다는 말과도 같았다.

하지만 기본적이었기에 무수한 변화도 일으킬 수 있었다.

그렇기에 태극권에서 면장과 십단금, 그리고 다른 무공들이 탄생한 것이었다.

"제가 재능이 부족하니까 남들과 똑같은 방법으로 수련해서는 안 된다고 생각했어요. 다른 사람들과 똑같이 해서는 격차가 유지되기는커녕 오히려 벌어질 게 뻔하다고 생각해서 나름 궁리를 해서 시도한 거였어요."

"내공은 언제부터 그렇게 다룰 수 있게 된 거야?"

"처음에는 안 됐는데, 하다 보니까 조금씩 됐어요. 헤헤."

두 손을 꼼지락거리며 대답하던 이소향이 해맑게 웃었다.

그러나 그 말에 유하성은 내심 놀랐다.

축기된 공력의 양이 적다고 하나 그걸 통제하는 건 다른 문제였다.

양이 많고 적고를 떠나 기본적으로 감각이 없으면 할 수 없는 일이었다.

"대자연의 기가 적게 축기되니 갈퀴처럼 끌어오려 한 거지?"

"네에. 마냥 기다리는 것보다는 차라리 끌고 오는 게 나을 것 같아서요. 혹시 위험한 방법인가요?"

"아니. 소향이가 감당할 수 없는 수준이라면 문제가 되겠지만 그렇지는 않으니까. 내가 깨달음을 얻은 것도 바로 그 부분이고. 내가 너무 관습적으로 운공을 해 왔다는 걸 깨달았거든. 분명 더 나은 방법이 있을 텐데 그건 생각지 못하고 효율만 고민했으니."

유하성은 고개를 절레절레 저었다.

어떻게 보면 참 간단하고 별거 아닌 것이었다.

생각을 전환하기만 하면 말이다.

하지만 그게 제일 어려웠다.

"사부님께 도움이 되었다니 다행이에요. 헤헤헤."

"하지만 위험한 것도 사실이야. 만약 감당할 수 없는 양이 체내에 들어온다면 기맥이 갈가리 찢길 거야. 그리고 축기된 양이 많으면 많을수록 그 위험도는 증가할 테고. 그러니까 냉정하게 잘 파악해야 해. 내가 어느 정도까지 감당할 수 있는지를. 지금은 내공이 미약해서 크게 위험하지 않았지만 앞으로는 달라."

"조심할게요."

"이왕이면 내가 있을 때만 그렇게 해. 내가 없으면 원래의 방식으로 하고."

"네!"

이소향이 무조건 따르겠다는 듯이 대답했다.

언뜻 보면 맹목적이기까지 한 모습이었다.

그런 이소향의 모습에 유하성은 자기도 모르게 피식 웃고는 곰곰이 생각했다.

지금의 깨달음을 태극심법과 태극일원신공에 녹여 낼 방법을 말이다.

터터터텅!

나지연은 첫날 공표한 대로 매일같이 연구동을 찾았다.

한 번의 패배에 딱히 낙심하지 않는다는 듯이 매일 찾아와서 유하성과 이춘상, 원일, 원상, 원호와 대련을 했다.

개인 수련 시간과 수면 시간을 제외하면 거의 모든 시간을 연구동에서 보냈다.

"차합!"

그중 나지연이 제일 기대하는 시간은 바로 유하성과 비무하는 시간이었다.

이춘상도 강했지만 따라잡지 못할 거라는 생각은 들지 않았다.

머지않아 이길 자신도 있었고.

하지만 유하성은 달랐다.

따앙! 따아앙!

면면부절이라는 말이 절로 떠오를 정도로 끊임없이 이어지는 무당면장에 나지연의 검이 춤을 추듯 현란하게 움직였다.

수백 개의 검기를 일으켜 유하성을 압박했던 것이다.

터엉! 텅!

그러나 한여름의 소나기처럼 쏟아지는 검기에도 유하성의 표정은 평온했다.

또한 그의 손놀림, 발놀림에는 여유가 가득했다.

폭우처럼 쏟아져 내리는 검기다발을 유하성은 유유히 흘려 내거나 튕겨 냈던 것이다.

그럼에도 딱히 충격을 받은 모습이 아니었다.

꾸욱!

오히려 나지연의 안색이 좋지 못했다.

분명 맹공을 퍼붓는 건 그녀였다.

하지만 유효타는 단 하나도 없었다.

대부분의 검기들은 흘려 냈고, 그나마 몸에 닿는 건 모조리 튕겨 냈다.

웅웅웅!

그 모습에 나지연은 공력을 가일층 끌어올렸다.

지금까지는 몸풀기였다는 듯이 검강을 일으켰던 것이다.

이윽고 불심(佛心)을 머금은 듯한 검강이 찬란한 금광을 토해 내며 유하성에게 작렬했다.

맹렬한 기세로 전광석화처럼 심장을 노리고서 파고들었던 것이다.

투웅.

그러나 그조차도 유하성은 느릿하게 튕겨 냈다.

태극권 특유의 유려한 움직임으로 송곳처럼 파고드는 일격을 슬쩍 밀어 타점을 흐렸던 것이다.

그리고 유하성은 튕겨 내기만 하지 않았다.

스르륵.

왼손의 손등으로는 나지연의 검신을 밀어 내고 오른손으로는 그녀의 복부를 노렸다.

정권 찌르기처럼 손을 활짝 펼쳐서는 그대로 장력을 내질렀다.

퍼펑!

절묘하게 활짝 열린 몸을 향해 우직하게 밀고 들어오는 유하성의 장격에 나지연이 기겁하며 좌장을 내질렀다.

방어와 동시에 펼쳐지는 공격에 놀란 것이었다.

십단금처럼 강맹하진 않지만 위협적인 건 매한가지였다.

방식만 다를 뿐 무당면장 역시 위력적이었다.

스스슥!

하지만 유하성의 공격은 이게 다가 아니었다.

검을 밀어 냈던 좌장이 연이어 나지연에게 쇄도했다.

오른손의 일격이 막히기 무섭게 연거푸 파고드는 공격에 나지연이 땅을 박찼다.

좌장의 격돌로 인해 한 번 밀린 충격을 이용해 뒤로 훌쩍 물러났던 것이다.

그런데 유하성은 나지연의 그런 생각을 읽은 것처럼 그녀가 뛴 것과 동시에 달려들었다.

거리 벌리는 걸 순순히 허용하지 않겠다는 듯이 쇄도했던 것이다.

따아앙!

그러나 아주 창졸간의 시간에 나지연은 방비를 해 놓은 상태였다.

튕겨졌던 검을 회수해서는 방패처럼 상반신을 가렸다.

"흡!"

하지만 방어는 했으나 충격은 어쩔 수 없었다.

부드러운 움직임과 달리 면장에는 묵직한 기운이 서려 있었기에 나지연으로서는 재차 밀려 날 수밖에 없었다.

그리고 그 기회를 유하성은 놓치지 않았다.

반격할 틈을 절대 주지 않겠다는 듯이 면장으로 파상공세를 펼쳤던 것이다.

따다다다당!

쉴 새 없이 이어지는 맹공에 나지연은 반격할 엄두를 내지 못했다.

아니, 막아 내기 급급했다.

분명 순서대로 펼치는 것일 텐데 끊임없이 장력이 이어져서 그런지 검해(劍海)를 펼친 것처럼 보였다.

武當霸王
무당
패왕

환검을 펼친 것도 아닌데 환검, 아니 환장(幻掌)을 펼치는 듯한 느낌에 나지연은 속수무책으로 밀리다가 결국 패배를 시인했다.

"제가 졌어요. 후우!"

악착같이 버티고 버텼으나 누적되는 충격에 팔다리가 풀려서 통제할 수 없을 정도로 떨리자 나지연은 끝내 패배를 외쳤다.

더 하고 싶은 마음이 굴뚝같았으나 몸이 따라 주지 않았다.

거기다 더 분한 건 심호흡을 하는 자신과 달리 유하성은 호흡 하나 흐트러지지 않았다는 점이었다.

분명 서로 같이 격렬하게 움직였는데 말이다.

'잠깐만. 그걸 격렬하다고 봐야 하나?'

나지연이 순간 고개를 갸웃거렸다.

분명히 파상공세가 이어지기는 했었다.

그런데 유하성의 표정과 손발의 움직임을 보면 서두르거나 빨리 휘두르는 기색은 전혀 없었다.

느린데 빠른 느낌이라고나 할까?

'말이 안 되는 것 같지만, 그게 사실이니까.'

다시 생각해 봐도 느낌은 달라지지 않았다.

말로 설명할 수 없지만 적어도 그녀가 받은 느낌은 그랬다.

"고생하셨습니다."

"고생은 유 공자님이 하셨죠. 근데 말은 언제 편하게 하실 거예요? 춘상 오라버니와는 진즉에 서로 말 편하게 하는데."

"전 이게 편합니다."

"궁금해서 그러는데, 일부러 그러는 건 아니죠?"

"네."

나지연의 고운 아미가 일그러졌다.

따로 들은 바가 있기에 곧이곧대로 들리지 않아서였다.

"현광 도장에게는 금방 놓았다고 들었는데……."

"동갑이었으니까요. 자주 보기도 했고."

"지금보다 시간이 더 필요하단 말씀이시군요. 알았어요."

나지연은 알아들었다는 듯이 혼자 중얼거리고는 고개를 크게 끄덕였다.

그러고는 호승심이 가득한 눈빛으로 유하성을 바라봤다.

"꼭 그런 의미로 말한 건 아닙니다만."

"알았어요. 기다릴게요. 사실 이렇게 비무하는 것만으로도 대단한 거니까요. 그럼 이따가 봐요!"

자기 할 말만 하고서 나지연은 쌩하고 달려갔다.

이제는 하도 다리가 풀려서 적응이 된 모양인지 금세 쌩쌩해져서는 이춘상을 향해 달려가는 모습에 유하성은 어깨를 으쓱거렸다.

시간이 유수와 같이 흐른다는 말을 요즘 유하성은 새삼 느끼고 있었다.

그 정도로 시간이 정말 훌쩍 지나가 있었다.

앳되었던 백현승은 소년과 남자의 사이에 있었다.

이제는 코 밑과 턱에 거뭇거뭇하게 수염도 났고 말이다.

"하산이라니. 시간이 참 빠르구나."

"그동안 가르쳐 주시고, 챙겨 주셔서 감사했습니다."

"내가 뭘 했다고. 다 하성이가 했지."

배웅을 나온 명천이 피식 웃었다.

백현승에 관심을 둔 건 맞지만 그렇다고 살뜰히 챙긴 건 아니었다.

너무 챙기면 차별대우 한다는 말이 나올까 싶어 조심했던 것이다.

명분은 있으나 그래도 꼬투리를 잡혀서 좋을 건 없었다.

"알게 모르게 저와 곽 표두를 신경 써 주셨다는 거 알고 있습니다. 제가 복건성으로 돌아가면 유일하게 대협과 대화를 나눠 본 표국주가 될 겁니다."

"넉살은."

이제 고작 열일곱 살인 녀석이 능청스럽게 말을 하자 명천이 실소를 흘렸다.

그런데 꼭 틀린 말은 아니었다.

복건성의 십대표국이 대단하다고 하나 그들 중 명천과 대면한 이는 아무도 없었다.

그러니 백현승의 입장에서는 충분히 자랑할 거리가 될 터였다.

"나중에 무당산 인근을 지나가게 되면 꼭 들르겠습니다."

"그래. 바쁘면 안 와도 되고."

"저는 꼭 오고 싶습니다. 대청표국이 아빠 품이라면 무당산은 엄마 품 같거든요. 제이의 고향이라고나 할까요."

"그럴 만하지."

명천이 고개를 주억거렸다.

백현승의 상황을 생각하면 이 말도 틀리지 않았다.

그리고 앞으로 무당파는 절대 제자를 잊지 않을 것이었다.

속가제자라고 하더라도 말이다.

"다음에 뵐 때까지 강녕하십시오."

"너도 건강하고. 초심 잃지 말고."

"각골명심하겠습니다."

"애들 잘 부탁한다. 오직 너만 믿고 가는 아이들이다. 그러니 그만큼 잘 챙겨 주었으면 좋겠구나."

"물론입니다. 이제는 다 가족이거든요. 저를 떠나겠다고 먼저 말하기 전까지는 제가 계속 데리고 있을 생각입니다."

백현승이 씨익 웃으며 말했다.

표정과는 달리 눈빛은 진지했다.

이제는 식구를 넘어 가족 같은 느낌이 들었기에 백현승은 할 수 있는 데까지는 책임을 질 생각이었다.

막말로 그에게 미래를 건 아이들이었다.

"그래. 그 마음 끝까지 잊지 말거라."

"예."

"곽 표두, 아니 이제는 대표두라지?"

"하하. 아직은 낯선 직급입니다."

백현승의 옆에 서 있던 곽두일이 겸연쩍게 웃었다.

표두라는 직책은 너무나 익숙하지만 대표두는 그도 처음이었다.

대표두를 보좌했던 적은 많았지만 말이다.

그래서 곽두일은 여기 있는 누구보다 대표두라는 직급이 가진 무게를 잘 알고 있었다.

"자네는 자격이 있어. 대청표국의 적통이 현승이라면 유일한 충신은 자네이니까. 이제는 개국공신이 되겠지."

"개국공신이라. 사실 아직도 얼떨떨합니다. 불안하기도 하고요."

"자네가 그러면 쓰나. 어떻게 보면 현승이가 성년이 될 때까지 자네가 중심을 잡아 줘야 하는데."

"다행히 유 공자님이 함께 가시지 않습니까. 저는 보필만 잘하면 될 것 같습니다."

"하성이에게 떠넘기려고?"

웃고 있던 명천의 눈썹이 꿈틀거렸다.

그런데 그것만으로도 분위기가 확연히 달라졌다.

늘 뒷방 늙은이가 되었다고 말하지만 곽두일이 보기에는 여전히 위엄이 넘쳤다.

유하성이야 편하게 대하지만 그를 비롯해서 다른 사람들은 아니었다.

"그럴 리가요. 다만 저보다는 유 공자님을 믿고 의지하는 이들이 많다는 걸 말씀드리는 것입니다."

"뭐, 그렇긴 하지."

명천이 살짝 누그러진 어조로 고개를 주억거렸다.

아이들을 이곳으로 데려온 것도, 먹고살 길을 열어 준 것도 다 유하성이었다.

그런 만큼 아이들에게 있어 유하성은 은인이자 귀인일 수밖에 없었다.

미래를 맡긴 건 백현승이었으나 유하성이 원한다면 아이들은 언제라도 기꺼이 달려올 터였다.

"자자! 조심히 실어!"

"우리 애들 무리 가게 하면 안 돼!"

"무게 확실하게 확인해! 마차는 넉넉히 만들어 두었으니까 굳이 하나에 많이 싣지 않아도 돼!"

"야! 내려! 적당히 쌓으라고!"

차분한 세 사람과 달리 대연무장은 이제 완연한 성체가 된 흑풍의 자식들과 마차들이 줄줄이 세워져 있었다.

복건성으로 가는 도중에 노숙도 꽤나 할 게 분명한 듯 짐이 상당히 많았다.

큰 짐은 없었으나 자잘한 짐들이 상당했다.

거기다 대청표국의 터에 새로이 건물을 올렸다고 하나 막상 도착하면 필요한 것들이 많을 것이기에 미리 사 놓은 것들도 있었다.

"적응시키기는 했는데, 장거리 이동은 처음이라 애들이 잘할 수 있을지 모르겠네."

"일단 가 봐야지. 우리도 복건성은 처음인데."

"걱정하지 마. 우리만 가는 게 아니잖아. 흑풍이랑 예쁜이도 가는데 무슨 걱정이야? 힘들어서 퍼질지는 몰라도 성질은 안 부릴 거야."

"하긴."

이제는 장정이라고 해도 과언이 아닐 정도로 우락부락해진 남자애들이 고개를 주억거렸다.

소년이라고 하기에는 나이가 적지 않고, 청년이라고 하기에는 어린 나이대였으나 적어도 몸만은 어른과 다름없었다.

지난 몇 년간 꾸준히 단련했기에 내공은 부족할지언정 한 명 한 명이 모두 무공을 익힌 무인이었다.

하물며 서기나 숙수로 일하는 아이들도 무공을 익힌 상태였다.

"어느 안전이라고 성깔을 부리겠어? 유 공자님 앞에서나 온순하지 흑풍은 늑대도 때려잡는 녀석인데."

"자식이라고 봐주는 거 없더라. 그냥 짓밟던데."

"맞아. 개기면 아작을 내 버리더만."

"엄청 살벌했지."

네 명이 몸을 부르르 떨었다.

얼마 전에 본 광경이 동시에 떠오른 것이었다.

"뭐 해?! 얼른 짐 안 싣고! 해가 중천에 뜰 때 떠날 거야?!"

"예! 지금 합니다!"

대청표국으로 함께 가는 아이들 중 가장 나이가 많은 청년이 소리치자 네 명이 움찔거리며 부리나케 움직였다.

밧줄을 이용해 손수 만든 마차에 실은 짐들을 묶기 시작했다.

"현승이에게도 말했지만, 애들 잘 챙겨 줘. 정식 제자는 아닐지라도 무당의 맥이 이어졌으니."

"소국주님, 아니 표국주님과 함께 대청표국의 기둥으로 키울 생각입니다. 그러니 너무 염려 마십시오."

"도움이 필요한 일이 있으면 연락하고. 뭐, 하성이가 함께 가니 딱히 내 도움이 필요할 것 같지는 않지만."

"하하하. 요구하면 제 부족함만 드러내는 일이지 않을까요."

武當霸王
무당
패왕

"근데 무공만으로 모든 게 해결되는 건 아니니까."

곽두일과 백현승을 차례대로 바라보며 명천이 의미심장하게 말했다.

강호도 그렇지만 표국계도 마찬가지였다.

힘이 있다면 정말 유용하고 유리하지만 모든 문제를 해결하는 만능열쇠는 아니었다.

오히려 힘만 이용해서는 문제를 더 키우고 복잡하게 만들 가능성이 컸다.

"저는 늙었습니다만 표국주님은 젊지 않습니까. 하나하나 배워 가고 경험해 가는 마음가짐으로 헤쳐 나가면 된다고 생각합니다."

"곽 대표두님도 아직 한창때예요."

"허허. 그리 말씀해 주셔서 감사합니다."

"이제는 절정고수시잖아요. 그것도 최절정에 가까운."

"전부 유 공자님 덕분이지요."

백현승의 말에도 곽두일은 겸손하게 손을 저었다.

분명 죽어라 노력한 건 맞았다.

그러나 백현승이 준 백년하수오와 유하성의 조언이 아니었다면 절정의 벽을 넘는 건 불가능했을 것이었다.

곽두일은 그렇게 생각했다.

"알면 갚아. 둘 다 죽기 전에. 아마 두 사람보다 하성이가 오래 살 거야."

"보타문주님의 말씀입니까?"

"어떻게 알았어?"

명천이 두 눈을 동그랗게 떴다.

설마하니 곽두일이 맞힐 줄은 몰라서였다.

"촉이 그랬습니다. 직감처럼 번뜩였다고나 할까요."

"그 늙은이가 여기저기 떠벌리고 다녔고만."

명천이 못마땅하다는 듯이 혀를 찼다.

사주 봐 주는 걸 질색한다면서 여기저기 다 봐 주고 다니는 것 같아서였다.

"그런 건 아니고 그냥 왠지 그럴 것 같았습니다."

"그게 그거지."

"사백."

"짐은 다 챙겼느냐?"

그때 익숙한 목소리가 들려왔다.

바로 유하성의 음성이었다.

그런데 그 목소리에 명천은 물론이고 백현승과 곽두일의 고개도 동시에 돌아갔다.

"짐이라고 할 것도 없습니다. 웬만한 건 복주에 가서 사려고요. 굳이 여기서부터 바리바리 싸 가지고 갈 필요가 없을 것 같아서. 제가 도인도 아니고 돈 쓰는 데 눈치 볼 필요는 없으니까요."

"네가 한두 푼에 연연하는 건 무당파의 이름에 먹칠하는 게야."

명천이 잘 생각했다는 듯이 고개를 주억거렸다.

그냥 속가제자도 아니고 장로와 같은 대우를 받는 게 유하성이었다.

무당파 내의 영향력만 따지자면 장로보다 더했다.

그런 유하성이 돈에 연연한다면 무당파의 면이 서지 않았다.

제84장 대청표국

"그건 좀 아닌 것 같습니다."

"넌 너 스스로를 너무 과소평가하고 있어. 네 별호에 무당이라는 두 글자가 괜히 붙은 게 아냐. 무당파를 대표할 만하니까 무당패왕이라는 칭호를 받은 거다."

"돈 가지고 너무 멀리 간 것 같습니다."

"아이들 챙긴다고 제법 많이 쓴 것 같은데, 주머니 사정은 좀 괜찮고?"

명천이 넌지시 물었다.

알게 모르게 유하성이 모은 재산이 꽤 된다는 걸 알고 있었다.

하지만 그만큼 많이 쓰기도 했다.

정작 자기 자신에게는 별로 안 쓰는데 아이들이나 무당파, 사질들을 위해서는 진짜 아낌없이 썼기에 명천이 예상하기에 잔고가 그리 많지는 않을 듯했다.

그렇다고 유하성이 따로 수입이 있는 것도 아니었고.

들어오는 돈은 없는데 나가는 돈만 있으니 당연히 잔고는 줄어들 수밖에 없었다.

"아직은 괜찮습니다."

"많이 썼을 텐데?"

"그렇긴 합니다만 이제부터 벌면 되지 않겠습니까? 사백님 말씀대로 제 이름값이 좀 있지 않습니까."

"벌 구석이 없을 텐데? 오히려 쓸 구석이 넘쳐 나면 모를까."

"융통하는 방법도 있으니까요."

짐짓 걱정하는 투로 명천이 말했으나 유하성은 크게 걱정하지 않았다.

명천의 말대로 대청표국을 재건하는 데에는 엄청난 자금이 들 터였다.

그러나 유하성의 돈으로 하는 건 아니었다.

이미 재건에 사용할 충분한 돈을 모아 두기도 했고.

"네 신용을 못 믿는 건 아니지만, 다른 곳에서 빌릴 바에야 그냥 무송에게 부탁해. 다른 곳도 아니고 대청표국과 널 위해서 사용할 돈인데 무송이가 인색하게 굴지는 않을 거다.

아니면 내가 개인적으로 도와줄 수도 있고."

명천 역시 무인이지만 도인이기에 물욕은 별로 없는 편이었다.

하지만 그렇다고 해서 모아 놓은 재산이 없느냐 하면 그건 아니었다.

무당파의 전대 장문인이자 천하십대고수의 일인이었던 그가 돈이 없다는 건 말이 되지 않았으니까.

그것도 천하십대고수의 말석이 아니라 성승을 제외하면 가장 강한 무인이라 평가받은 존재가 바로 명천이었다.

"나중에 필요해지면 그때 말씀드리겠습니다."

"에잉! 이럴 때는 그냥 감사합니다, 하고 받으면 될 것을!"

명천이 답답하다는 듯이 혀를 찼으나 유하성은 그저 빙그레 웃기만 했다.

그의 마음을 모르는 건 아니었으나 정말로 주머니 사정이 나쁘지 않았다.

"주머니 사정이 여의치 않으면 그때 부탁드리겠습니다."

"그래. 비청당을 통하면 금방 연락이 될 거다. 무당의 제자들은 무림 전역에 퍼져 있으니까."

"네."

"저도 다녀오겠습니다, 사백조님!"

유하성과의 대화가 어느 정도 마무리되자 옆에서 기다리고 있던 이소향이 씩씩하게 인사를 해 왔다.

어느새 아홉 살이 된 이소향은 발랄한 꼬마 아가씨가 되어 있었다.

분명 뙤약볕 아래서 수련했는데 피부는 점점 하얘져서 꼬마 아가씨라는 말이 너무나 잘 어울렸다.

"무당산을 떠나는데 그렇게 좋아?"

"어, 그런 건 아니고요……."

누가 봐도 들뜬 기색이었던 이소향이 토끼 눈을 하고서 고개를 숙였다.

명천의 어조가 날카로웠기에 자기도 모르게 움츠러든 것이었다.

"아니, 애는 왜 잡고 그러십니까?"

"너도 왔냐?"

그때 또 다른 목소리가 다섯 명의 귓가에 들려왔다.

바로 명덕의 목소리였다.

유하성과 백현승 등등이 하산한다고 하자 그도 배웅하러 온 것이었다.

"애들 떠나는 날이지 않습니까. 언제 볼지 모르는데 당연히 인사를 해야죠."

"난 또 안 보이기에 안 오는 줄 알았지."

"인사는 해야죠. 소향이도 하산하는데. 근데 다시 한번 생각해 보면 안 될까? 사부는 보내고 이 사백조랑 같이 있는 건 어떠니?"

"저는……."

명덕이 인자하게 웃으며 물었으나 이소향은 쉽사리 대답을 하지 못했다.

듣는 순간 결정은 내렸으나 말이 쉽게 나오지 않았다.

그래서 이소향은 눈치를 살피며 말끝을 흐렸다.

"말이 되는 소리를 해라. 제자가 사부 따라가는 게 당연하지."

"아직은 어리니까요. 이제 아홉 살이지 않습니까. 제일 어린 이대제자들보다도 어린데."

명덕이 걱정 가득한 눈빛으로 이소향을 바라봤다.

이제는 제법 성취가 깊어지긴 했으나 그의 눈에는 여전히 어린아이로 보였다.

실제로 아홉 살이기도 했고.

"너보다는 하성이가 더 든든하지."

"……지금 해보자는 겁니까?"

명덕의 눈썹이 꿈틀거렸다.

말이 맞고 틀리고를 떠나서 이건 싸우자는 것이었다.

"그런 의미가 아니라 말도 안 되는 소리를 하지 말라는 거지. 네 제자도 아닌데 소향이가 왜 남아? 만약 남더라도 넌 아니지. 나라면 모를까. 안 그러느냐?"

명천이 자신만만한 표정을 지으며 이소향을 바라봤다.

당연히 자신을 선택할 거라는 표정으로 말이다.

그런 명천의 모습에 이소향이 어색하게 웃으며 유하성에

게 바짝 달라붙었다.

"애한테 부담 주지 마십시오."

"허어."

"사형 말은 신경 쓰지 말고. 조심히 잘 다녀오거라. 소향이도."

"네! 잘 다녀오겠습니다!"

소녀티가 나면서 앙증맞은 느낌은 사라졌지만 여전히 이소향에게는 귀여움이 있었다.

앙증맞음 대신 풋풋함이 자리 잡았다고 할까.

그래서 명덕은 그저 보는 것만으로도 미소가 절로 나왔다.

"다녀오겠습니다."

"너무 오래 있지는 말고. 적당히 때가 되면 돌아오너라."

"생각해 보겠습니다."

"그래."

명덕은 더는 말하지 않았다.

속가제자인 유하성이 꼭 무당산에만 머물 이유는 없어서였다.

다만 그에게 남은 시간이 여유롭지 않기에 이왕이면 조금 더 같이 있고 싶었다.

아직 갚아야 할 마음의 빚도 상당히 남아 있었다.

"둘 다 무운을 빌지."

"그동안 감사했습니다."

"다음에 뵐 때까지 무탈하십시오."

유하성, 이소향과 짧은 인사를 마친 명덕은 백현승과 곽두일과도 인사를 나누었다.

깊은 대화를 나눈 적은 없지만 그래도 연구동에 오고 가며 본 시간이 적지 않았기에 정이 제법 들었다.

명천의 말대로 백현승은 남이 아니기도 했고.

"하성이가 있으니 큰 난관은 없겠지만 그래도 혹 내 도움이 필요한 일이 있으면 언제라도 연락하거라. 무력이 아닌 다른 부분에서는 도움을 줄 수 있으니."

"감사합니다!"

백현승이 머리가 무릎에 닿을 듯이 깊게 숙였다.

몸이 거의 반 접어지다시피 명덕에게 인사했던 것이다.

다른 이도 아니고 무당의 장로가 직접 한 말이었기에 백현승은 무조건 기억하겠다는 듯이 두 눈을 초롱초롱하게 빛냈다.

"이만 가 보겠습니다."

"그래. 이왕이면 일찍 돌아오고. 너는 몰라도 소향이는 보고 싶으니까."

유하성이 적당히 마무리 지었다.

자고로 작별 인사는 짧으면 짧을수록 좋다고 생각해서였다.

그러자 명천이 퉁명스럽게 말했다.

"사백조님!"

"어이쿠!"

그 모습에 이소향이 명천에게 후다닥 달려들어 안겼다.

어렸을 때처럼 몸을 날려 안겼던 것이다.

오랜만에 안겨 드는 이소향을 받아 내며 명천이 헤벌쭉 웃었다.

"사백조님도 건강하세요!"

"그래그래. 우리 소향이 시집가는 것까지는 보고 갈 생각이니 걱정 말거라. 근데 이왕이면 일찍 돌아오렴. 난 늘 여기서 기다리고 있을 테니까."

"네!"

"크흠! 사형."

이소향과 오붓하게 마지막 인사를 주고받는데 명덕이 그를 불렀다.

무언가 원하는 것이 있는 표정으로 말이다.

"왜?"

"저도 소향이와 작별 인사를 해야 하지 않겠습니까?"

"다 한 거 아니었어?"

명천이 실실 웃으며 말했다.

그러면서 은근슬쩍 이소향을 꽉 껴안았다.

여전히 품 안에 쏙 들어오는 작은 아이를 말이다.

"저도 소향이에게 사백조입니다."

"쩝."

명덕의 서늘한 시선에, 절대 양보할 수 없다는 눈빛에 명

武當霸王
무당
패왕

천은 입맛을 다시며 팔을 풀었다.

저렇게까지 나오는데 더 버틴다면 오늘 하루가 피곤할 게 분명했다.

"명덕 사백조님도 건강하세요!"

"그래그래. 소향이도 조심히 다녀오고. 나쁜 사람이 보이면 말 섞지 말고 그냥 먼저 피해 버려. 알았지?"

"네에."

명천처럼 격렬하지는 않았지만 부드럽게 안겨 오는 이소향을 명덕은 포근히 안아 주었다.

그런 그의 입가에는 평소에 보기 힘든 인자한 미소가 맺혀 있었다.

"어딜 가든 사부 손 꼭 잡고 있고."

"소향이가 애냐? 이제는 다섯 살도 아니다. 우리 소향이도 꽤 컸어."

"제 나이를 생각하면 여전히 어린아이죠. 많이 자라긴 했는데 이상하게 여전히 어린아이로 보이네요."

명천의 구박에도 명덕은 아쉬움이 덕지덕지 묻은 표정으로 말을 이었다.

처음의 그 작고 왜소했던 아이가 이제는 두 배 가까이 자랐지만 여전히 명덕의 눈에는 작은 아이로만 보였다.

"사백조님 말씀대로 할게요."

"그래그래. 건강히, 멀쩡히 돌아와야 한다?"

"네."

머리를 부드럽게 쓰다듬어 주는 명덕에게 이소향이 조신하게 대답했다.

그러나 명덕은 좀처럼 마음이 놓이지 않았다.

유하성과 이춘상이 함께 가는데도 말이다.

"두 분 다 무탈하십시오!"

"이제야 내려가는구나."

"차별이 너무 심한 거 아닙니까?"

아이들에게 이것저것 지시를 내리던 이춘상도 명천과 명덕에게 인사하러 왔다.

그런데 확연히 다른 말투에 이춘상이 투덜거렸다.

"넌 개방의 제자잖아. 근데 나는 네가 본 문의 제자인 줄 알았다."

"아마 제가 주기적으로 씻어서 더욱 그럴 겁니다."

"맞은."

거지의 정체성이라며 씻는 것을 혐오하는 다른 개방도들과 달리 이춘상은 사부인 취선을 닮아 개방적이었다.

필요하다면 씻는 것도 마다하지 않기에 개방도들 중에서는 상당히 특이한 성격이었다.

하지만 그렇다고 해서 거지가 아닌 건 또 절대 아니었다.

"다음에 뵙겠습니다. 아마 하성이와 같이 오지 않을까 싶습니다."

무당
패왕

"그만 취선한테 가. 취선이 네 얼굴을 까먹었겠다."

"기억력은 좋으셔서 그런 걱정은 하지 않으셔도 됩니다. 오히려 제가 없어서 홀가분하실걸요. 잔소리하는 사람이 없어서."

이춘상이 히죽 웃으며 말하자 명천은 물론이고 명덕도 고개를 절레절레 저었다.

누가 개방도 아니랄까 봐 한마디도 지지 않았다.

"다녀오겠습니다."

유하성이 시기적절하게 대화를 마무리 지었다.

이제는 정말 떠날 때였다.

그러자 명천과 명덕이 똑같이 아쉬운 표정을 지었으나 어쩔 수 없었다.

떠나기로 했다면 망설이지 않고 출발해야 했다.

"조심히 다녀오너라."

"무당은 늘 이곳에 있다는 거 잊지 말고."

"네."

마지막으로 한마디씩을 하는 명천과 명덕을 바라보며 유하성은 고개를 주억거렸다.

잠시 후 유하성은 이소향을 데리고 몸을 돌렸다.

그런 그의 뒤로 이춘상과 백현승, 곽두일이 따랐다.

스윽.

선두에서 걸어가던 백현승이 정문 앞에 멈춰 섰다.

만감이 교차하는 눈빛으로 새것처럼 보이는 정문을 지그시 바라봤던 것이다.

그리고 그건 반보 뒤에 서 있던 곽두일도 마찬가지였다.

"……드디어 돌아왔네요."

곽두일의 두 눈이 촉촉해졌다.

떠나던 날이 떠올라서였다.

지금은 굳건하게 닫혀 있는 정문이었으나 마지막으로 복주를 떠나던 날 보았던 정문은 박살이 나고 그을음이 가득했었다.

지금과는 완전히 다르게 말이다.

"……그러게요."

곽두일과 마찬가지로 백현승도 먹먹한 목소리로 입을 열었다.

그처럼 백현승도 떠날 때의 모습이 떠올랐다.

도망자는 아니었으나 그때의 대청표국은 폐허였었다.

하지만 지금은 달랐다.

끼이익.

"오랜만에 뵙습니다."

두 사람이 정문 앞에 서서 멍하니 바라보고만 있을 때 문이 열렸다.

굳게 닫혀 있던 정문이 느릿하게 열리며 지난 세월의 흔적이 얼굴에 고스란히 남아 있는 장추산이 모습을 드러냈다.

백현승을 대신해서 대청표국의 각종 이권과 전답(田畓)을 관리하던 그가 기다리고 있던 것이었다.

"서신을 주고받아서 그런지 장 서기님이 낯설지 않네요."

"저도 그렇습니다. 그런데 확실히 시간이 많이 흐르기는 했네요. 이렇게나 헌앙해지시다니."

"꼬마아이가 많이 자라기는 했죠?"

장추산의 눈동자에 은은한 놀람이 떠올랐다.

마지막으로 봤을 때와 비교하면 완전히 다른 사람이 되어 있어서였다.

얼굴에는 꼬마였을 때의 모습이 살짝 남아 있었으나 몸은 전혀 달랐다.

사내대장부라고 해도 과언이 아닐 정도로 크고 탄탄했다.

'분위기도 완전히 달라졌어.'

장추산은 무인이 아니었다.

그러나 사람은 제법 볼 줄 알았다.

금와장은 물론이고 세상을 돌아다니면서 온갖 군상들을 다 겪어 봤기에 상대가 대단한지, 아닌지는 알아볼 수 있었다.

그런 그의 기준에서 백현승은 완전히 다른 존재가 되었다.

'곽 표두도 마찬가지고.'

눈인사를 나누며 장추산이 속으로 다시 한번 놀랐다.

처음 곽두일을 봤을 때는 한 자루의 예리한 칼처럼 느껴졌다.

날카롭기는 하나 금방이라도 부러질 듯한 느낌이라고나 할까.

그런데 지금은 완전히 달라졌다.

'예리한 기세가 사라졌어. 근데 약해진 게 아니라 더 깊어진 거야.'

장추산은 본능적으로 느낄 수 있었다.

헤어질 때의 곽두일과 지금의 곽두일은 현격한 차이가 있다는 사실을 말이다.

백현승과 마찬가지로 곽두일 역시 벽을 깬 느낌이었다.

"저는 늙었고요. 허허허."

"에이. 아직 정정하신데요. 제 눈에는 지난번과 똑같습니다!"

"저 거짓말은 귀신같이 알아챕니다. 제가 평생 동안 해 온 일이 숫자 계산과 사람을 만나는 일입니다."

"저는 진심으로 말씀드린 건데요?"

"안 속습니다."

백현승이 천연덕스럽게 말했으나 장추산에게는 통하지 않았다.

사람을 겪은 경험만 따지면 이 자리에서 누구보다 많은 게 장추산이었다.

武當霸王
무당
패왕

그런 그의 눈에는 백현승의 거짓말이 너무나 훤히 보였다.

"그동안 고생하셨습니다. 장 서기님."

"아닙니다. 저야 아가씨께서 시킨 일을 한 것뿐인데요. 오히려 마음 편히 잘 지냈습니다. 사실 정신적으로 조금 힘들었거든요. 어느 업계든 마찬가지겠지만 저희 역시 무한 경쟁이 당연시되는 곳이라. 그래서 지난 몇 년 동안 정말 편히 쉬었습니다. 하하하."

백현승을 상대했던 것과는 다르게 장추산이 자세를 바로하고 대답했다.

대청표국의 이권을 임시로 관리하기는 했으나 백현승은 그의 상관이 아니었다.

엄밀히 따지자면 그건 유하성 역시 마찬가지였으나 대신한 가지 차이점이 있었다.

그건 바로 유하성을 황주연과 황주성이 좋아한다는 점이었다.

"장 서기님의 노고에 대해서는 황 소저께 확실하게 말하겠습니다."

"아이고. 아닙니다. 정말 괜찮습니다. 말라 죽어 가던 저를 살려 주신 게 아가씨입니다. 오히려 저는 이곳에 와서 정신 건강을 회복했습니다. 그러니 정말 괜찮습니다."

"그래도 말씀은 드려야지요. 장 서기님께서 괜찮다고 하시지만, 제가 감사한 건 감사한 것이니까요."

백현승이 은근슬쩍 끼어들었다.

장추산의 마음을 모르는 건 아니었으나 그래도 모른 척 넘어가는 건 아니었다.

받은 게 있으면 주는 것 또한 있어야 했다.

그래야 나중에 뒷말이 나오지 않았다.

또한 거래의 기본이기도 하고.

이제부터는 대청표국을 이끌어야 했기에 백현승은 사소한 일이라도 허투루 넘길 수 없었다.

"정말 괜찮습니다만."

"그러시면 저희 표국의 총서기를 맡아 주시면……."

"하하. 그건 힘들 것 같습니다. 저는 금와장 소속이니까요."

"으음!"

백현승이 진심으로 아쉬운 표정을 지었다.

수년간 서신을 주고받으며 지켜봤기에 백현승은 잘 알았다.

장추산의 능력을 말이다.

그래서 은근슬쩍 찔러봤는데 역시나 장추산은 넘어오지 않았다.

"마지막이니만큼 인수인계는 확실하게 하고 떠날 생각입니다. 그러니 이 부분에 대해서는 걱정 안 하셔도 됩니다."

"걱정은 안 합니다. 제가 보아 온 게 있는데요. 그럼 금와장으로 복귀하시는 겁니까?"

"예. 제 자리가 있을지 모르지만 그래도 지부도 있고, 일

할 곳은 많으니까요."

"혹 자리가 없어지시거나 만족스럽지 않으시다면, 이곳도
생각해 주세요. 금와장과 똑같은 대우는 힘들어도 비슷하게
는 맞춰 드리겠습니다."

백현승은 마지막까지 포기하지 않았다.

이대로 포기하기에는 장추산이 보여 준 능력이 아까워서
였다.

그리고 사람 일이라는 게 어떻게 될지 아무도 몰랐다.

"기억해 두겠습니다. 이제 들어가시죠."

"예."

생각보다 길어진 대화를 정리하며 장추산이 대문을 활짝
열었다.

어제까지는 그 혼자 지냈지만 오늘부터는 달라질 터였다.

"보내 주신 설계도면대로 지었는데 본래 모습과 똑같을지
모르겠습니다."

"호오?"

"허어."

앞장서듯 먼저 정문을 넘었던 장추산이 비켜서며 조심스
럽게 입을 열었다.

백현승이 보내 준 설계도면대로 공사를 하긴 했지만 그래
도 혹시 몰라서였다.

거주했던 당사자의 기억을 토대로 지었다고 하나 과거의

건물과 완벽하게 동일하다고 장담할 수는 없었기에 장추산은 백현승과 곽두일의 눈치를 살폈다.

그러면서 유하성을 힐끔 쳐다보는 것도 잊지 않았다.

"일단 외관은 거의 비슷한 거 같은데?"

매의 눈으로 이곳저곳 살펴보는 두 사람과 달리 유하성은 뒷짐을 지고서 느긋하게 살펴봤다.

백현승과 곽두일만큼은 아니지만 유하성도 이곳에서 지냈었기에 대략적인 건 기억하고 있었다.

"제가 보기에도 크게 달라 보이지 않습니다. 일단 위치는 똑같은 것 같습니다."

"잘 지은 거 같은데?"

"지금 그게 중요한 게 아니잖아?"

유하성과 마찬가지로 대청표국에서 머물렀던 적이 있던 원상이 입을 열었다.

그런데 원호는 이상한 것을 짚었다.

중요한 건 과거와 똑같이 지었느냐는 건데 원호는 건물이 잘 지어졌는지만 봤다.

"사실 기억이 가물가물해서. 내가 건물을 유심히 보는 성격이 아니라."

"어휴."

이실직고하듯 솔직하게 말하는 원호의 말에 원상이 가슴을 두드렸다.

무당
패왕

이럴 거면 차라리 말을 하지 않는 게 더 도움이 될 것 같았다.

"폐허였다고 들었는데 그런 티는 전혀 안 나네요."

반면에 대청표국은 처음인 원경이 눈을 반짝이며 주변을 살폈다.

싹 다 밀고 모든 걸 새로 지어서 그런지 폐허였다는 게 믿기지 않을 정도였다.

"되게 깔끔해요."

"새 건물이니까. 돈도 많이 들었겠다."

"엄청 넓은 거 같아요."

유하성에게 방해가 되지 않게 이소향은 원경의 옆으로 다가갔다.

둘 다 이곳은 처음이라 같은 마음으로 구경했던 것이다.

"여기가 앞으로 우리가 지낼 곳."

"무지하게 넓은 거 같은데."

"근데 사람이 없어서 좀 썰렁하네."

푸르릉.

구경하기 바쁜 건 같이 온 아이들도 마찬가지였다.

나이를 막론하고 다들 주변을 두리번거리기 바빴다.

그리고 말들 역시 낯선 장소라서 그런지 퉁방울만 한 눈을 쉴 새 없이 굴리며 냄새를 맡았다.

"한번 쭉 둘러보시겠습니까?"

"그럴까요?"

장추산의 목소리에 백현승이 뒤늦게 정신을 차렸다.

확인한다고 너무 정신을 놓고 둘러본 거 같아서였다.

그건 곽두일도 마찬가지였는지 움찔거렸다.

"가시죠."

"네."

고개를 주억거린 백현승이 천천히 외원부터 내원까지 돌았다.

과거 멀쩡했던 대청표국을 떠올리며 차근차근 확인했던 것이다.

반면에 아이들은 마구간과 숙소, 혹은 창고의 위치를 확인했다.

"앞으로는 사람들로 가득 차겠죠?"

"그럴 거야. 일단 우리가 오기도 했고. 우리만 해도 인원이 적지 않으니까."

슬쩍 옆으로 다가온 이소향의 말에 유하성이 빙긋 웃으며 말했다.

처음에는 장추산 혼자 있어서 을씨년스러웠지만 오늘부터는 다를 터였다.

주인인 백현승이 왔고, 함께 대청표국을 키워 나갈 아이들이 있었다.

거기다 군호표국과 군룡도문을 무너뜨리면서 전리품으로 얻은 재물이 있었기에 이제는 커 나갈 일만 남았다.

武當霸王
무당
패왕

"기대돼요. 저도 같이 도와주는 거잖아요."

"그렇지."

"큰 도움이 되지는 않겠지만 그래도 열심히 할 거예요!"

"소향이가 와준 것만으로도 현승이에게는 정말 큰 도움이
야. 혼자가 아니라는 것만으로도 큰 위안이 되거든."

유하성이 싱긋 웃었다.

단둘만 남았던 대청표국이었다.

그런 대청표국이 지금은 제법 사람들로 가득 차 있었다.

물론 대부분이 스무 살도 되지 않은 아이들이었으나 둘만
있는 것보다는 훨씬 나았다.

"정말 그럴까요?"

"물론이지. 거기다 나도 있고, 춘상이도 있으니까."

"솔직히 너나 내가 나설 일이 있을까 싶다."

웬일인지 조용히 따라오던 이춘상이 어깨를 으쓱거렸다.

표사들의 숫자가 현저히 부족하다고 하나 그건 앞으로 차
차 채워 나가거나 아이들이 자라서 맡으면 될 일이었다.

이제부터는 대표두인 곽두일도 있었고.

그리고 무력에 대해서는 걱정할 필요가 없었다.

"저희는 표사가 아닙니다만."

"근데 도와주러 왔잖아?"

"그건 맞죠."

"무당파의 일대제자 세 명이 변방이라 할 수 있는 복건성

에 왔는데 어떤 간 큰 놈이 깝치겠어? 심지어 이미 한번 뒤집어엎은 전력이 있는 유하성도 있는데."

원호가 무표정한 얼굴로 정정했다.

도와주러 온 건 맞지만 표사로 활동할 생각은 전혀 없었다.

엄밀히 따지자면 그와 원상, 원경은 조력자 정도였다.

"뒤집어엎다니요?"

"하성이가 예전에 복건성을 뒤집어 버린 적이 있거든. 그때 분위기가 참 살벌했지. 어떻게 보면 전쟁의 시발점이라고도 할 수 있지. 번천회와의 악연의 시작점이기도 하고."

이소향이 눈을 반짝거렸다.

지금의 얘기는 처음 들어서였다.

"정말요?"

"응. 내가 언제 거짓말한 적 있어? 내가 말은 많아도 거짓말을 한 적은 없어."

두 눈을 초롱초롱 빛내는 이소향의 모습에 이춘상이 씨익 웃었다.

하지만 그의 말은 더 이상 이어지지 못했다.

"무슨 좋은 이야기라고 소향이에게 말하고 있어?"

"어차피 알게 될 텐데 뭐 어때? 이상하게 알고 있는 것보다는 차라리 제대로 알고 있는 게 낫지 않나?"

"나중에 해, 나중에. 우선은 짐부터 풀고. 흑풍이와 자식들도 좀 뛰어놀게 해 줘야지."

"또 복주 주변 야생마들을 휘어잡는 거 아냐?"

마차와 달구지를 끄는 다른 녀석들과 달리 흑풍과 예쁜이는 아무것도 등에 싣지 않은 채로 얌전히 유하성과 이소향의 뒤를 따르고 있었다.

이춘상은 그런 둘을 보며 의미심장한 표정을 지었다.

원래 이곳 태생이니만큼 흑풍이 인근 야생마들을 휘어잡는 게 이상하지 않아서였다.

"그럴 수도 있고. 어차피 자유롭게 풀어 둘 생각이라."

"폭군이 돌아왔다고 생각하겠는걸."

"근데 안 나갈 수도 있어. 내원과 외원을 합치면 꽤 넓으니까. 예쁜이를 비롯해서 자식들도 있고."

"내 황풍이도 있으니."

흑풍과 예쁜이의 뒤를 조용히 따라오는 황색 털을 가진 말을 보며 이춘상이 히죽 웃었다.

이제는 함께한 지 제법 시간이 흘렀음에도 여전히 그의 눈에는 귀여워 보였다.

아비인 흑풍이를 닮아 우람한 덩치를 가지고 있는데도 말이다.

"그러니까. 예전에는 혼자였지만 지금은 자식들이 함께하니까."

"근데 떼로 가서 싹 다 밀어 버리는 거 아냐? 새로운 신진 세력 같은 거지. 흑풍이는 나서지 않고 자식들 선에서 끝나고. 그런 다음 모조리 흡수하고. 우리 말 장사 해도 되겠다. 판매처가 없는 것도 아니고."

이춘상이 눈을 반짝였다.

어차피 야생마는 주인 없는 말들이었다.

실제로 생포해서 파는 이들도 있었고.

다만 문제는 야생에서 자란 녀석들이다 보니 반은 맹수나 다름없었기에 생포하기도 어렵고, 길들이기는 더더욱 어려웠다.

"돈이 그 정도로 궁하지는 않잖아?"

"대비하는 거지. 만사 불여튼튼이라고 하잖아. 준비하고 대비해서 나쁠 건 없지. 실행할지 안 할지는 그때 가서 결정하면 되는 거고."

"그래. 음?"

건성으로 고개를 주억거리던 유하성의 눈썹이 꿈틀거렸다.

그와 동시에 이춘상의 고개도 돌아갔다.

유하성이 느낀 걸 이춘상도 감지한 것이었다.

"손님이 온 거 같은데?"

"예? 손님이요?"

이춘상의 중얼거림에 앞쪽에서 곽두일과 함께 내원을 둘러보던 백현승이 반문했다.

이제 막 도착했는데 손님이 왔다고 하자 의아했던 것이다.

"네가 아는 이들이야. 근데 생각보다 빠르긴 하네."

제85장 보이지 않는 가치

유하성도 살짝 놀란 표정을 지었다.

이렇게 빨리 찾아올 줄은 몰라서였다.

반면에 이춘상은 충분히 그럴 수 있다는 듯이 혼자 고개를 끄덕였다.

"뭘 놀라. 우리가 무당산에서 출발했을 때부터 알고 있었을 텐데. 언제 도착할지 아는 건 쉽지. 나름 복건성에서 방귀깨나 뀐다는 이들인데."

"그런가."

"더욱이 너와 내가 왔는데 이 정도는 당연하지. 넌 너 자신을 여전히 모르고 있어."

"그건 너도 마찬가지인 거 같은데."

"나 돌려 깐 거지?"

이춘상의 눈매가 날카로워졌다.

그러나 유하성은 대답하지 않았다.

대신 백현승을 돌아봤다.

"일단 나가 봐야겠죠? 손님이 왔으니."

"그 전에 하나 확실하게 할 게 있어."

"그게 뭔가요?"

"넌 더 이상 소국주가 아냐. 대청표국의 국주다. 나이가 어려도 말이지. 그러니 네 위치를 정확하게 인지하고 있어야 해."

"아."

백현승의 입이 살짝 벌어졌다.

이미 알고 있는 사실이지만 유하성이 다시 한번 말해 주자 백현승은 어깨가 무거워졌다.

표국주라고 하기에는 지나칠 정도로 어린 나이이지만 그럼에도 그는 대청표국의 표국주였다.

그러니 그에 맞게 행동해야 했다.

"나이는 중요치 않아. 중요한 건 지금 네가 대청표국주라는 거지. 이제부터 대청표국의 미래는 네 손에 달린 거야. 네가 어떻게 하느냐에 따라 미래가 달라질 거다."

"명심하겠습니다."

"상계에서는 이제 막 시작하는 파릇파릇한 후배인 건 맞지

무당
패왕

만 네가 대청표국을 대표한다는 사실을 명심해."

"네."

"가자."

현재의 위치를 다시 한번 각인시켜 준 유하성은 몸을 돌렸다.

그러자 백현승과 곽두일이 뒤따랐다.

아이들의 숙소는 장추산에게 부탁하고 다시 정문으로 향했던 것이다.

끼이익.

이곳의 주인답게 가장 앞장서서 걸어간 백현승이 정문에 도착했다.

그러나 문을 연 건 곽두일이었다.

표국주인 백현승이 정문을 열 수는 없어서였다.

"오랜만이죠?"

이윽고 문이 열리며 손님의 정체가 천천히 드러났다.

그리고 백현승은 물론이고 곽두일도 놀랐다.

정말 생각지도 못한 손님이 찾아와서였다.

백봉표국의 깃발과 함께 수수한 차림으로 정문 앞에 서 있는 두 여인의 모습에 백현승의 동공이 흔들렸다.

"제가 너무 일찍 찾아왔나요? 반가운 기색이 아닌데요?"

"오랜만에 뵙습니다, 백봉표국주님."

"못 본 사이에 진짜 헌칠해지셨네요. 이제는 진짜 남자가 되셨는데요?"

시간이 비껴간 것처럼 달라진 게 전혀 없는 설혜상이 싱긋 웃으며 말했다.

그리고 그 옆에는 늘 그렇듯이 설소연이 조용히 서 있었다.

"감사합니다."

"오랜만이에요."

"그러네요, 설 소저."

백현승의 목소리가 살짝 떨렸다.

전혀 예상도 하지 못한 만큼 설소연의 등장이 더욱 크게 느껴져서였다.

스스로 느끼기에도 가슴에 큰 파문이 일어난 걸 알았지만 백현승은 표정을 가다듬었다.

이제 그는 더 이상 어린아이도, 소국주도 아니었다.

"이거이거 저와 인사할 때와는 표정이 너무 다른 거 아닌 가요?"

"그럴 리가요. 저 차별하는 사람 아닙니다."

"흐음. 그래요?"

설혜상이 의미심장한 눈빛으로 백현승을 바라봤다.

그녀의 눈에는 백현승의 미묘한 변화가 보여서였다.

예전보다 많이 성장하기는 했으나 아직 그녀의 눈썰미를 피해 갈 정도는 아니었다.

"그럼요."

"뭐, 알았어요. 그렇다고 해 두지요. 오랜만에 인사드립니다, 유 대협."

백현승에 이어 곽두일과 눈인사를 나눈 설혜상이 조심스럽게 입을 열었다.

앞서 두 사람을 상대했던 것과는 확연히 다르게 표정과 옷차림을 가다듬으며 유하성에게 고개를 숙였던 것이다.

"오랜만이네요."

"잘 지내셨죠?"

"보시다시피 잘 지냈습니다."

"이분이 제자분이시군요?"

"안녕하세요. 이소향입니다."

설혜상의 시선이 자신에게 향하자 얌전히 유하성의 옆에 서 있던 이소향이 정중하게 포권을 했다.

그 모습에 설혜상은 물론이고 설소연의 입가에도 미소가 맺혔다.

유하성의 제자이기 이전에 너무나 귀여워서였다.

"만나서 영광이에요, 아가씨."

"아, 아가씨라니요."

"그럼 이 소저라고 불러 드릴까요?"

"어……."

생각지도 못한 호칭이어서일까.

이소향이 당황한 표정을 지었다.

하지만 싫은 기색은 아니었다.

"이소향 님도 있으니 편하신 걸로 고르세요."

당황하는 이소향의 모습에 설혜상이 이모처럼 웃었다.

나이 차이를 생각하면 조카뻘이어서였다.

게다가 현재 유하성의 하나뿐인 제자이니만큼 친해져서 나쁠 건 없었다.

오히려 백현승보다 더 친해져야 하는 게 이소향이었다.

"그냥 이름 부르셔도 돼요."

"그럴 수는 없죠. 유 대협의 제자이신데. 더욱이 배분을 생각하면 더더욱 그럴 수 없지요."

"아."

배분이라는 말에 이소향이 두 눈을 껌뻑거렸다.

그러고는 유하성을 바라봤다.

난감한 상황에 도움을 요청하는 것이었다.

"일단 안으로 들어가시죠. 남은 인사는 안에서 해도 되니까요."

"아! 들어오시죠!"

유하성의 말에 백현승이 뒤늦게 정신을 차렸다.

손님을 너무 오랫동안 문 앞에 세워 두었다는 것을 말이다.

그래서 백현승은 황급히 입을 열었다.

응접실의 첫 손님이 된 설혜상이 해연히 놀란 표정을 지었다.

불타 버려 폐허가 되었던 기억이 그녀는 아직도 선명했다.

그런데 과거의 기억과 똑같은 응접실의 모습에 설혜상은 놀랐다.

말 그대로 완벽하게 재현되어 있어서였다.

"진짜 똑같네요."

"도구들은 조금 달라졌지만 배치나 구조는 동일한 거 같아요."

"하하. 신경을 많이 썼습니다. 이렇게 빨리 응접실을 사용하게 될 줄은 몰랐지만요."

놀라는 두 여인의 모습에 백현승이 머쓱한 표정을 지었다.

사실 건물 안에 들어온 건 그도 처음이었다.

때문에 익숙하면서도 새로운 응접실의 모습에 백현승도 사실 적응이 안 되었다.

"영광이네요. 저희가 첫 번째 방문이라니. 아, 그리고 이

건 선물이에요. 복주에 돌아오신 기념 선물이라고나 할까요. 대단한 건 아니지만 빈손으로 오는 건 예의가 아닌 것 같아서요."

스윽.

자리에 앉으며 설혜상이 큼지막한 상자를 백현승 쪽으로 밀었다.

황금빛 비단으로 고급스럽게 포장되어 있었는데 백현승은 거절하지 않았다.

주겠다는 선물을 굳이 거절할 필요는 없어서였다.

"감사합니다, 설 표국주님."

"기대는 하지 말아 주세요. 대단한 건 아니니까."

"알겠습니다, 하하. 근데 한 가지 궁금한 게 있습니다."

"뭐가요?"

"어떻게 아셨습니까?"

백현승이 웃으며 물었다.

아무리 백봉표국이 복건성에서 한 손에 꼽히는 표국이라고 하나 그는 이제 막 도착한 상태였다.

막말로 알고자 한다면 도착 예정 시간을 알아내는 게 어렵지는 않겠지만 백현승은 단순히 겉으로 보이는 것만 묻지 않았다.

많은 것을 함축해서 설혜상에게 물었다.

"알고자 한 건 아니고 자연스럽게 들었어요. 언젠가 소국

무당패왕

주님이 돌아오실 거라는 걸 모두가 알고 있었으니까요. 다만 예상했던 것보다 빠르긴 하지만요. 아마 저 말고 다른 이들도 지금쯤 알고 있을 거예요. 제가 이곳에 왔다는 사실도요."

"역시 그렇습니까."

"저희가 가장 먼저 찾아온 건 대청표국에 갚아야 할 빚이 있다고 생각해서예요."

"설 표국주님."

웃고 있지만 분위기는 결코 가볍지 않았다.

아마도 군룡도문과 군호표국에 당한 게 떠오른 모양이었다.

특히 설소연의 표정이 눈에 띄게 어두워졌다.

"말씀하시죠, 곽 표두님."

"이제는 대표두입니다. 그리고 국주님은 더 이상 소국주가 아닙니다. 그러니 호칭에 신경 써 주셨으면 좋겠습니다."

"아."

사람 좋은 얼굴이었던 곽두일이 정색하며 말했다.

예전이었다면 감히 이렇게 대화에 끼어들지 못했겠지만 지금은 달랐다.

비록 표두는커녕 정식 표사 하나 데리고 있지 않은 대표두였으나 곽두일은 망설이지 않았다.

바로잡을 게 있다면 지금 당장 바로잡아야 한다는 걸 잘 알아서였다.

"부탁드리겠습니다."

"죄송해요. 제가 그 부분을 생각하지 못했네요. 이제는 엄연히 대청표국의 표국주이신데. 백 표국님께도 죄송해요."

"받아들이겠습니다. 하하하."

유하성의 말이 있었기에 백현승은 설혜상의 사과를 받아들였다.

분위기가 이상해지지 않도록 특유의 넉살을 발휘하면서 말이다.

그리고 한 번쯤은 확실하게 짚고 넘어갈 필요가 있다고 생각했다.

만약 곽두일이 짚지 않았다면 그가 말했을 터였다.

"그리고 백봉표국이 잠시 관리했던 것들은 최대한 서둘러서 돌려드릴게요."

"그래 주시면 저야 감사하죠."

"감사하긴요. 당연히 해야 할 일인데요. 이자도 충분히 낼 생각입니다. 저희도 이제는 나름 규모가 커졌거든요."

백현승의 넉살 덕분인지 분위기는 나쁘지 않았다.

엄밀히 따져 보면 설혜상의 실수이기도 했고.

"소식은 꾸준히 듣고 있었습니다."

"백봉표국의 도움이 필요하면 언제라도 말씀하세요. 다른 곳들은 몰라도 저희는 언제라도 발 벗고 도와드릴 마음이 있으니까요."

"기억해 두겠습니다."

"유 대협은 곧 떠나시는 건가요?"

중요한 내용이 어느 정도 정리되자 설혜상의 시선이 유하성에게로 향했다.

조용히 대화를 경청하며 차를 음미하던 유하성을 바라보며 물었던 것이다.

그러나 갑작스러운 설혜상의 질문에도 유하성은 당황하지 않았다.

"한동안은 이곳에 머물 생각입니다. 어느 정도 자리를 잡을 때까지는요."

"역시 다정하시네요."

"그건 아니고요."

유하성이 고개를 저었다.

다정하다고 말할 정도는 아니라고 생각해서였다.

하지만 유하성의 부정에도 설혜상은 빙긋 웃었다.

유하성이 백현승을 아낀다는 걸 복건성에서 모르는 사람은 없어서였다.

'만약 처음 봤을 때 잘 풀렸다면……'

웃고 있는 설혜상의 눈동자에 씁쓸함이 맺혔다.

처음 만났을 때 고민하지 않고 결단을 내렸다면 지금과는 완전히 다른 관계가 되었을 거란 생각이 들어서였다.

그래서 설혜상은 너무나 아쉬웠다.

기회가 분명히 있었지만 그걸 살리지 못했다.

'독점하는 건 힘들었겠지만 그래도 정실이었다면.'

생각하면 생각할수록 설혜상은 아쉬웠다.

그러나 가정은 가정일 뿐이었다.

과거로 돌아가는 건 불가능했다.

대신 한 가지 방법이 아직 남아 있었다.

'……가능할까?'

설혜상은 설소연을 힐끔거리는 백현승을 슬쩍 쳐다봤다.

예전부터 백현승의 마음을 그녀는 알고 있었다.

하지만 나이 차이도 꽤 났을뿐더러 설혜상의 눈에 백현승은 차지 않았다.

그런데 지금은 상황이 많이 달라졌다.

'……어렵겠지.'

짧지 않은 시간이긴 했지만 그렇다고 하더라도 백현승의 발전은 놀라울 정도였다.

무공 수준이 그리 높지 않은 그녀지만 대신 사람 보는 눈은 꽤 뛰어났다.

그렇기에 설혜상은 알 수 있었다.

백현승이 엄청난 발전을 이루었다는 사실을 말이다.

게다가 동기부여도 확실했다.

백현승에게는 대청표국을 다시 일으켜야 한다는 목표가

무당
폐왕

있으니까.

거기다 가르친 이가 유하성이었다.

'경쟁도 심할 테고.'

대청표국이 멸문지화를 당했을 당시 백현승은 꼬마 아이였었다.

그러나 지금은 대장부라고 해도 과언이 아닐 정도로 자랐기에 혼담을 넣으려는 곳이 많을 게 분명했다.

백현승은 대청표국의 주인이기도 하지만 후견인이 유하성이었기에 그 점을 노리는 이들이 분명히 있을 것이었다.

당장 설혜상만 하더라도 그 점을 생각하고 있었고.

'아쉽네.'

거기까지 생각이 닿자 설혜상은 진심으로 아쉬웠다.

군룡도문만 아니었다면 지금쯤, 아니 백현승이 떠날 때 두 사람이 맺어졌을 수도 있었다.

그리고 백봉표국과 대청표국이 손을 잡는다면 복건성을 움켜쥐는 것도 불가능하지만은 않았다.

뒤에 유하성과 무당파도 있었고.

'잠깐만.'

생각하면 생각할수록 아쉬움만 커져 갈 때 설혜상의 뇌리로 무언가가 번뜩이며 스쳐 지나갔다.

한 줄기 생각이 그녀의 뇌리를 관통하고 지나갔던 것이다.

'굳이 소연이일 필요는 없잖아?'

장성했다고 하나 설소연과의 나이 차는 적지 않았다.

물론 여자 쪽이 연상인 경우가 드물어서 그렇지 아예 없는 건 아니었다.

그러나 여기에서 한 가지 생각해 볼 게 꼭 설소연일 필요는 없다는 점이었다.

백현승이 설소연에게 마음이 있기는 하나 그도 알고 있을 터였다.

자신과 설소연이 맺어질 가능성이 극히 낮다는 걸.

게다가 백현승은 대청표국의 주인이었다.

'표국주라는 자리는 결코 가볍지 않지. 자기 개인의 감정만 챙길 수는 없으니까.'

이제 막 재건의 첫발을 내디뎠다고 하나 지금 백현승의 뒷모습만 바라보는 식구들의 숫자가 백 명이 훌쩍 넘었다.

그리고 앞으로 더욱 늘어날 예정이었다.

그런 만큼 백현승은 절대 자기 감정만 생각할 수 없었다.

하지만 이건 달리 말하면 설소연은 안 되지만 다른 여자는 가능하다는 뜻이기도 했다.

'나는 어느 쪽이든 상관없고.'

흠이 있는 설소연을 택하든 아니면 다른 조카를 택하든 설혜상으로서는 상관없었다.

중요한 건 대청표국과 깊은 연을 맺는다는 점이었다.

다만 한 가지 문제는 경쟁해야 할 곳들이 만만치 않을 거

무당
폐왕
武當霸王

라는 점이었다.

복건성에서는 백봉표국도 나름 목과 어깨에 힘을 주고 다니지만 비견될 만한 곳이 몇 군데 있었다.

'이번에는 실수 안 해.'

거기까지 생각이 닿자 설혜상이 두 눈을 형형하게 빛냈다.

우물쭈물하다가 놓친 선례가 있기에 이번에는 바로 낚아챌 생각이었다.

그러나 그녀는 몰랐다.

그녀를 유심히 바라보는 시선이 하나 있음을 말이다.

ㅡ먹이를 노리는 암사자 같은 표정인데?

그런데 설혜상을 유심히 살펴보는 이는 유하성만이 아니었다.

평소답지 않게 조용히 차를 홀짝이던 이춘상이 전음을 보냈다.

ㅡ암사자라는 호칭이 정말 잘 어울리는 사람이긴 하지. 여걸이기도 하고. 여자의 몸으로 백봉표국을 지금의 위치까지 키운 사람이니까.

ㅡ이거이거 현승이 녀석 홀라당 넘어가는 거 아냐? 보아하니 저 여자가 첫사랑인 거 같은데. 넌 모르지? 남자에게 있어 첫사랑이 얼마나 애틋하고 절절한지? 특히나 어린 시절의 첫사랑은 더더욱 애잔하지. 이루어지기가 힘들거든. 근데 더 힘든 건 스스로가 그걸 알고 있다는 점이지.

-연애 고수 납셨네.

마치 자신의 경험담을 얘기하듯 전음을 보내오는 이춘상의 모습에 유하성이 코웃음을 쳤다.

말하는 투가 그는 공감하지 못할 거라고 장담하는 듯해서였다.

-내 얼굴만 봐도 답이 딱 나오잖아? 나 좋다고 매달린 여인들을 모으면 마차가 열 대가 넘어!

-난 증거 없는 말은 믿지 않아. 말은 누구나 할 수 있지.

-누굴 허풍쟁이로 모는 거야?

이춘상이 인상을 팍 썼다.

얼굴로 이미 모든 게 다 끝나는데 유하성이 꼬투리를 잡아서였다.

용봉회 때는 유하성에게 많은 여인들이 몰렸지만 그는 평소에 여인들이 몰렸다.

심지어 그는 혼례를 올릴 수도 없는 몸인데도 불구하고 말이다.

-나는 본 적이 없으니까.

-무당산에 있었는데 당연히 볼 수가 없지! 아오! 내 기억을 끄집어낼 수도 없고!

-기억이라는 건 상당히 주관적이야. 네 마음대로 얼마든지 조작이 가능하지.

-아니거든!

이춘상이 가슴을 탕탕 쳤다.

그러자 모두의 시선이 그에게 집중됐다.

느닷없이 답답한 얼굴로 가슴을 두드리자 의아했던 것이다.

"신경 쓰실 것 없습니다. 대화 나누시죠."

"아, 안 그래도 유 대협께 드릴 말씀이 있었습니다."

"저에게요?"

말끝마다 대협이라는 호칭을 붙이는 설혜상의 말투에 유하성이 살짝 부담스러운 표정을 지었다.

이제는 그도 적은 나이가 아니었지만 그래도 대협이라는 호칭은 익숙하지가 않았다.

"예. 오늘은 아무래도 바쁘실 테니 다음에 저녁 식사라도 같이하는 게 어떨까요? 마음 같아서는 오늘 저녁을 얻어먹고 싶지만 그건 너무 폐를 끼치는 것 같아서요."

"여기 있는 모두 말입니까?"

"네."

설혜상이 당연하다는 듯이 대답했다.

유하성에게 가려져서 그렇지 이춘상은 물론이고 원상과 원호도 어디 가서 꿀리는 신분은 아니었다.

원경과 이소향 역시 엄연히 무당파의 일대제자 신분이었고 말이다.

"상의해 보겠습니다."

"알겠어요. 날짜가 정해지면 연락해 주세요."

곧바로 대답하지 않았음에도 설혜상은 당황하지 않았다.

여유로우면서도 부담을 주지 않는 화법으로 대답하고는 자리에서 일어났다.

"다음에 뵐게요."

"예."

뒤이어 설소연이 몸을 일으키며 인사했다.

그리고 그런 설소연을 백현승이 복잡한 눈빛으로 바라봤다.

"가문을 재건하기 전에 홀라당 벗겨지겠는데?"

"그게 무슨 말씀이세요?"

"너만 빼고 다 알걸?"

"크흠!"

이춘상의 말에 곽두일이 헛기침을 했다.

무언의 동의를 했던 것이다.

거기다 원상과 원경도 고개를 주억거렸다.

원호야 백현승의 감정에 대해서는 딱히 신경 쓰지 않았고.

"무슨 말씀인지 모르겠어요."

"혼례를 이용하는 것도 좋은 방법인 건 사실이지만 거기에 너무 매몰되어서는 안 돼. 가문을 재건하는 데 이용해야지 여자에 빠지면 안 된다는 소리다."

"무, 무슨 말씀인지 전혀 모르겠네요."

"그래? 이렇게까지 말했는데 모르면 어쩔 수 없지. 그냥 패가망신해야지. 하성이랑 난 돌아가고."

"끄응!"

패가망신이라는 네 글자에 백현승이 앓는 소리를 냈다.

그러나 그도 알았다.

지금 중요한 게 무엇인지, 무릇 일에는 우선순위라는 게 있다는 것을 말이다.

게다가 그는 더 이상 홀몸이 아니었다.

"우리도 숙소로 가야지. 흑풍이랑 예쁜이도 기다리고 있는데."

"내 황풍이도 말이지."

유하성이 자리에서 일어났다.

손님 응대한다고 그를 비롯해서 사질들 역시 짐을 풀지 못한 상태였다.

응접실 밖에서 흑풍이와 자식들이 기다리고 있기에 유하성은 일행과 함께 방을 나섰다.

過去 군룡표국을 위협했던 강자이자 현재 복건성에서 최고의 표국이라 할 수 있는 삼강표국의 정문 앞에 도착한 백현승은 부러운 표정을 지었다.

규모는 대청표국과 비슷했으나 인원은 비교가 되지 않았다.

당장 지금만 해도 마차와 달구지가 수도 없이 들락날락하고 있었기에 백현승은 부러움을 감출 수가 없었다.

"으리으리하네요."

"현재 복건성에서 제일가는 표국이라 할 수 있는 게 삼강표국이지 않습니까."

반면에 백현승과 함께 삼강표국을 찾은 곽두일의 표정은 담담했다.

비록 지금은 격차가 하늘과 땅만큼 난다고 하지만 머지않아 따라잡을 수 있을 거라고 생각했다.

아니, 자신이 그리 만들 생각이었다.

"강씨 삼형제가 세운 표국이라죠."

"맞습니다. 지금은 세 분 다 돌아가셨지만요. 역사는 그리 길지 않지만 역량이 뛰어난 표국입니다."

"그러니까 현재 복건성 제일의 자리에 있겠죠."

"하지만 군호표국처럼 압도적이지는 않습니다."

백현승의 기를 살려 주기 위해서인지 곽두일이 슬쩍 깎아 내렸다.

대단한 표국인 건 사실이지만 그렇다고 따라잡지 못할 정도는 아니었다.

더욱이 대청표국은 삼강표국에 없는 역사와 전통이 있었다.

"들어가죠. 문전박대를 당하지는 않을 테니."

"그러지는 못할 겁니다."

앞장서서 걸어가는 백현승을 뒤따르며 곽두일이 호언장담했다.

제아무리 삼강표국이 대단하다고 하나 그래 봤자 복건성에서나 통하는 이름값이었다.

중원 전역에 무명을 날리는 유하성과 이춘상에 비하면 아무것도 아니었다.

또한 설혜상의 말처럼 십대표국이라 불리는 곳들은 백현승이 돌아온 것을 알고 있을 것이기에 곽두일은 걱정하지 않았다.

"곽 표두님?"

"삼강표국주님을 뵈러 왔네. 연락은 미리 해 두었고."

"아, 안 그래도 언질 받았습니다. 제가 모셔다 드리겠습니다."

"고맙네."

복건성을 호령하는 표사는 아니었으나 그래도 오랜 세월 활동했던 게 곽두일이었다.

그렇다 보니 이래저래 아는 이들이 많았고, 마침 정문을 지키고 있던 표사도 곽두일을 알고 있었다.

덕분에 백현승은 싱겁게 삼강표국의 응접실로 안내받을 수 있었다.

"여기도 으리으리하네요. 기를 죽이려고 한 건가. 아니면 제가 나름 표국주라 신경 써 준 걸까요?"

"후자이지 않을까 생각합니다. 삼강표국주님과 모르는 사이도 아니고요."

"관계가 나쁘진 않았죠."

백현승이 고개를 주억거렸다.

그의 기억에 남아 있는 삼강표국주는 군호표국주에 비하면 상당히 온화한 편이었다.

하지만 그게 상대하기 쉽다는 뜻은 절대 아니었다.

워낙에 군호표국이 개판을 쳐서 상대적으로 그래 보일 뿐이었다.

또르륵.

시비가 가져다준 차를 따르며 백현승은 조용히 생각을 정리했다.

오늘 하루는 바쁠 것이기에 일정을 다시 한번 확인했다.

그런데 약속된 시간이 되었음에도 문밖에서 느껴지는 기척은 없었다.

"흐으음."

그걸 곽두일 역시 알았기에 시간이 갈수록 그의 표정은 굳어져 갔다.

반면에 백현승의 얼굴은 시종일관 똑같았다.

초조해하지도, 흥분하지도 않았다.

그저 조용히 기다렸다.

"……제가 나가 보겠습니다."

약속했던 시간이 대략 한 식경 정도 지났을 때 곽두일이
입을 열었다.

딱딱하게 굳은 얼굴로 말이다.

한데 금방이라도 폭발할 것처럼 붉으락푸르락한 곽두일과
달리 백현승의 표정은 태연했다.

"좀 더 기다려 보죠."

"표국주님."

"급한 일이 터졌을 수도 있으니까요. 규모가 큰 만큼 예기
치 못한 일이 수두룩하게 벌어지지 않습니까."

후르릅.

흥분한 곽두일과 달리 백현승은 차분히 차를 들이켰다.

마치 이런 상황을 예상이라도 했다는 듯이 말이다.

그 모습에 곽두일은 흥분이 서서히 가라앉았다.

백현승의 말대로 온갖 사건 사고가 일어나는 곳이 표국이
었다.

그중에는 상상조차 못 한 일도 벌어졌다.

전투는 오히려 흔할 정도로 자주 벌어졌고.

"그게 아니라면 그때 가서 흥분해도 늦지 않습니다."

"후우. 알겠습니다. 하지만 예기치 못한 일이 벌어진 것
같지는 않습니다. 분위기도 그렇고……."

"만약 그랬다면 누군가 설명하러 왔겠죠."

"맞습니다."

곽두일이 고개를 끄덕였다.

그의 생각 역시 같아서였다.

진짜 예상치 못한 일이 벌어졌다면 소국주, 혹은 표두라도 와서 설명을 해야 했다.

"우선은 기다려 보죠. 다행히 시간은 많지 않습니까? 저희야 핑계 대기도 좋고."

"출발할 때 사람을 보내는 게 나을 것 같습니다. 물론 도움은 삼강표국에 부탁하고요."

"그래도 되죠."

후르릅.

백현승이 차를 홀짝였다.

대청표국의 주인이 되었지만 그는 어리고 경험이 없었다.

역사와 전통을 가진 곳이 대청표국이었으나 삼강표국주를 비롯해 대부분의 표국주에게는 애송이로 보일 터였다.

유하성이 주도했기에 임시로 맡아·두었던 거래처는 돌려주어야 하겠지만 그렇다고 순순히 돌려주려 하지는 않을 게 분명했다.

'사람 욕심은 끝이 없으니까.'

임시라고 못 박아 두었지만 사람 마음이라는 게 자기 손에 들어온 걸 쉽게 놓지 못했다.

더욱이 한두 푼짜리도 아니었고.

군호표국이 쥐고 있던 알짜배기들이니만큼 더더욱 아까울

것이었다.

'하지만 내 거야.'

지금은 그저 삼강표국에 맡겨 둔 것뿐이었다.

그리고 백현승은 과거 폐허가 된 대청표국을 떠나면서 스스로 다짐한 게 있었다.

앞으로는 절대 자신의 것을 잃지 않겠다고 말이다.

끼이익.

"이거 미안하군. 갑자기 급한 일이 있어서."

또다시 한 식경의 시간이 지났을 때 문이 열리며 삼강표국주가 모습을 드러냈다.

호리호리한 체격이었으나 현재 복건성에서 제일 잘나가는 표국의 주인답게 풍모가 대단했다.

말랐음에도 호랑이와도 같은 기세를 풍긴다고나 할까.

그러나 범상치 않은 삼강표국주의 모습에도 백현승은 조금도 긴장하지 않았다.

'무당검선과 패왕을 매일같이 봤는데.'

삼강표국주가 거물이라고 하나 그건 복건성 안에서나 해당되는 이야기였다.

중원 전체에서 놓고 보면 삼강표국은 변방에서 잘나가는 표국들 중 한 곳에 불과했다.

적어도 천하십대표국 안에는 들어가야 중원무림에서도 거물 소리를 들을 수 있었다.

"그러셨군요."

"오래 기다렸다고 들었네. 미안하이."

"사실 일어날까 말까 고민하고 있었습니다."

"음?"

삼강표국주의 눈매가 꿈틀거렸다.

예의상 한 말에 이렇게 대답할 줄은 몰라서였다.

백현승이 대청표국주가 되었다고 하나 삼강표국주의 눈에는 세상물정 모르는 애송이였다.

무공을 무당파에서 배웠다고 하나 표국 일은 달랐다.

"저희는 단순히 인사를 드리러 온 게 아닌데 말이죠."

"말에 뼈가 있군."

"그럴 수밖에 없다는 걸 삼강표국주님도 알고 계실 거라 생각합니다. 역지사지라는 말도 있지 않습니까."

"하하하하!"

실수가 아니었다는 듯이 적나라할 정도로 솔직하게 말하는 백현승의 모습에 삼강표국주가 파안대소를 터트렸다.

하지만 웃는 그와 달리 수행원들의 표정은 썩 좋지 않았다.

하나같이 불편한 심기를 숨기지 않고 드러냈던 것이다.

특히 표두들의 눈빛이 아주 살벌했다.

"만약 여기가 대청표국이었고 제가 표국주님을 반 시진 동안 기다리게 만들었다면 어떻게 되었을까요?"

"한창 혈기왕성한 시기라는 거, 아네. 그런데 그래서인지 어른들의 대화법에 대해 모르는 듯해. 역시 경험이 부족해서 그런가."

"맞습니다. 제가 경험이 일천하기는 합니다. 그래서 곽 대표두님께 많은 도움을 받고 있지요. 근데 삼강표국주님께 배울 건 없습니다."

"……선을 넘는구만."

"먼저 선을 넘은 건 표국주님입니다."

백현승은 삼강표국주의 매서운 눈빛을 피하지 않았다.

오금이 저려 왔으나 시선을 똑바로 마주했다.

비록 육신은 압박감에 흔들릴지 모르나 정신은 아니었다.

유하성을 매일같이 보고, 상대했기에 기백만큼은 자신 있었다.

"무당파에서 무공을 배우더니 간도 덩달아 커진 모양이야. 근데 한 가지 사실을 망각한 듯해. 자네가 앞으로 살아가야 할 곳이 여기 복주라는 걸 말이지."

"잊지 않았습니다. 오히려 너무나 잘 알고 있으니까 이렇게 말하는 겁니다."

"진짜 막 나가는군."

싸늘해진 눈빛으로 노려보는 삼강표국주의 모습에도 백현승은 여유로웠다.

그런데 그건 옆에 앉아 있던 곽두일도 마찬가지였다.

삼강표국주뿐만 아니라 대표두와 표두들이 하나같이 무시

무시한 안광을 쏟아 내고 있음에도 두 사람은 눈 하나 깜빡이지 않았다.

오히려 백현승은 웃으며 반문했다.

"왜 그럴까요?"

"모든 걸 포기……."

더 이상은 참지 않겠다는 듯이 삼강표국주가 입을 열었다.

한데 그 말을 백현승이 끊었다.

"제 뒤에 형님이 계시기 때문입니다. 아, 형님이라고 말하면 누구인지 정확히 특정되지 않죠. 그래서 확실하게 말씀드리죠. 제 뒤에는 유하성 형님이 계십니다. 강호에서는 패왕이라 불리시고 계시죠. 그런데 제가 고작 삼강표국을 두려워할 것 같습니까?"

"……!"

삼강표국주가 주먹을 움켜쥐었다.

동시에 그의 얼굴이 금방이라도 터질 것처럼 붉어졌다.

하지만 삼강표국주는 머리끝까지 치솟은 분노를 토해 내지 못했다.

왜냐하면 그 역시 알고 있어서였다.

부르르르!

그리고 삼강표국주의 뒤에 있던 대표두와 표두들의 표정도 똑같았다.

화가 나지만 누구도 입을 열지 못했다.

유하성과 백현승의 관계에 대해서 모르는 이가 없어서였다.

대청표국이 멸문지화를 당하자 홀로 찾아와 군룡도문과 군호표국을 날려 버린 게 바로 유하성이었다.

"부끄럽지 않냐고 묻는 듯한 표정인데, 왜 부끄러워해야 합니까? 형이 동생을 도와주는 건 당연한 건데. 그리고 삼강 표국의 위세를 이용해 저를 압박하는 건 괜찮은 거고 친한 형님의 도움을 받는 건 부끄러운 일입니까? 적어도 저는 형 님을 이용해 남을 압박하거나 핍박한 적은 없습니다."

"……미안하네. 내가 실수했네."

"무슨 말씀을 하시는 건지 모르겠습니다. 저는 그저 맡겨 두었던 것들을 돌려받으러 온 것뿐입니다. 사실 돌려받는 것 도 아니죠. 어차피 제 것이었으니까. 전 그걸 잠깐 맡겨 둔 것뿐이니."

"……용서해 주게. 내가, 내가 잘못했네."

삼강표국주가 고개를 숙였다.

백현승과 대청표국은 눈곱만큼도 두렵지 않지만 유하성은 아니었다.

모두가 군룡도문과 군호표국의 패악질에 두 눈을 질끈 감 고 아무것도 하지 못할 때 혼자서 두 곳을 때려 부순 게 유하 성이었다.

그 광경을 여기 있는 모두가 직접 봤기에 감히 따지지 못 했다.

"왜 자꾸 제게 사과를 하는지 모르겠습니다. 전 그저 돌려받을 게 있어 온 것뿐입니다. 그런데 분위기가 지금 돌려받기는 힘들 것 같군요. 서류는 따로 보내 주시죠. 그럼 저희는 이만."

드르륵.

무겁게 내려앉은 침묵을 의자의 마찰음이 갈랐다.

어느 누구도 선뜻 입을 열지 못했던 것이다.

그리고 백현승도 더 이상 말을 하지 않았다.

할 말은 다 했기에 백현승은 미련 없이 응접실을 나섰다.

달칵.

응접실의 문이 부드럽게 닫혔다.

조금도 흥분하지 않고 마지막까지 차분한 신색으로 백현승이 응접실을 나선 것이었다.

그러나 누구 하나 입을 열지 못했다.

기 싸움이 이런 결과를 초래할 줄은 누구도 예상하지 못해서였다.

"구, 국주님께서 걱정하시는 일은 없을 겁니다. 패왕은 명분을 중요시한다고 들었습니다. 과거 군룡도문 사건 때도 백봉표국주와 소국주를 도와주지 않았습니까. 관계가 악화된 건 사실이지만 이 정도는 충분히 풀 수 있다고 생각합니다."

부국주이자 친동생이 조심스럽게 입을 열었으나 삼강표국주는 아무 말도 하지 않았다.

입술에 아교라도 바른 것처럼 입을 열지 않았던 것이다.

"오늘은 좀 그렇고 내일 대청표국에 찾아가는 게 어떻습니까? 저와 표두들이 방문하겠습니다. 부국주님께서도 괜찮으시다면 함께 가면 좋을 듯하고요. 어차피 한 번은 유 대협께 인사를 드려야 하지 않습니까?"

친분은 없지만 여기 있는 모두가 유하성과 안면이 있었다.

대표두 중 한 명이 바로 그 점을 짚었다.

그러면서 자연스럽게 분위기를 환기시켰다.

백현승 때문이 아니라 유하성이 목적이라고 말이다.

"나쁘지 않은 생각이야. 유 대협은 쉽게 만날 수 있는 분이 아니니."

무당산에 찾아가도 웬만한 무명이 아니면 만나기가 힘든 인물이 유하성이었다.

또한 비어 있는 천하십대고수의 자리를 위협하는 강자이자 차기 천하십대고수의 한자리를 무조건 차지할 무인으로 꼽히는 인물이 그였다.

때문에 부국주도 동조했다.

"어떨 거 같아?"

"애송이 국주요?"

"그래."

조금씩 입을 열던 이들이 조용해졌다.

삼강표국주의 말에 다들 귀를 기울이는 것이었다.

"분명 가파른 성장세를 보이긴 할 겁니다. 그러나 그게 오래 이어지지는 못할 거라 생각합니다. 주제도 모르고 날뛰는 이들의 말로에 대해서는 형님께서도 잘 아시지 않습니까. 확 불타오른 불꽃은 금방 꺼지기 마련입니다. 지금이야 유 대협이 함께 있으니 복건무림이 제 발아래 있는 것처럼 느껴지겠지만, 영원한 건 없습니다. 유 대협이 평생 복건성에 있지도 않을 거고요. 하지만 있는 동안 잠시 몸을 낮춰야 하는 건 맞습니다."

"폭풍우는 피하는 게 현명하니까."

"그렇습니다. 그리고 표국 일이라는 게 표사와 표두만 있다고 되는 게 아니지 않습니까. 고수는 필요하지만 표국을 운영하는 건 다른 문제지요."

"맞아."

삼강표국주의 얼굴이 서서히 펴졌다.

대청표국의 뒤에 유하성이 있다고 하나 운영은 다른 문제였다.

무력은 갖추었을지 모르나 대청표국에는 사람이 없었다.

인원이 어느 정도 되긴 하나 대부분이 어린아이들이었기에 당장 삼강표국에 위협이 되지는 않았다.

"운 좋게 자리를 잡는다고 하더라도 우리가 긴장할 필요는 없습니다. 삼강표국은 복건제일이니까요. 우리에게 도전하려면 일단 십대표국에는 꼽혀야지요."

"근데 그게 하루 이틀에 되겠습니까?"

"인생은 실전이지요. 패기만으로는 아무것도 되지 않는다는 걸 모두가 알고 있지 않습니까?"

"아마 고생깨나 할 겁니다."

이제야 입이 트인 모양인지 곳곳에서 말들이 쏟아져 나왔다.

동시에 삼강표국주의 표정 역시 밝아졌다.

굴욕을 당하긴 했으나 지금의 위치까지 올라오는 데 수도 없이 겪었던 일이었다.

그런 만큼 충분히 웃으며 넘길 수 있었다.

"사람을 보내. 내일 유 대협께 찾아가겠다고."

"알겠습니다."

"이참에 친분을 다져 놔야겠어."

"좋은 생각입니다. 유 대협 정도 되는 고수와 친분을 맺어서 나쁠 건 없으니까요. 또 다른 방법으로도 사용할 수 있고요."

삼강표국주가 부국주와 눈빛을 교환했다.

둘 다 똑같은 생각을 했는지 서로를 마주 보며 히죽 웃었다.

활짝 열린 창문을 통해 부지런히 움직이는 아이들의 목소리가 들려왔다.

대부분이 십 대 중반에서 후반이라서 그런지 목청이 하나

같이 좋았다.

그리고 그들 중에는 이소향도 있었다.

소매를 걷어붙이고 일을 거들었던 것이다.

"어떨 거 같아?"

"뭐가?"

원상의 지시하에 바쁘게 움직이는 아이들의 목소리를 들으며 이춘상이 슬쩍 물었다.

마치 무언가를 알고 있다는 듯이 의미심장하게 웃으면서 말이다.

"모른 척하긴. 현승이가 혼자 간 이유를 너도 알고 있잖아?"

"혼자는 아니지. 곽 대표두님도 함께 갔으니."

"너나 내가 안 갔으니 혼자나 마찬가지지. 곽 대표두님이 든든하기는 하나 의지가 되는 분은 아니니까. 또 표국주들끼리의 대화에 참여하기가 좀 그렇기도 하고."

"알아서 잘할 거다."

유하성이 대답을 하며 차를 들이켰다.

무엇을 말하는지 알지만 지금 그가 할 수 있는 건 없었다.

그리고 백현승도 이제는 어린아이가 아니었다.

"넉살도 있고, 성깔도 있는 건 아는데 사람을 상대하는 일은 보기보다 어려운 일이니까. 이런 쪽의 일에 대해서는 경험이 부족하기도 하고."

"이런저런 일을 겪으면서 성장하는 거지. 시행착오 없이 얻는 건 없어."

"거저 얻는 게 없기는 하지. 근데 쉽지는 않을 거야."

"영리한 아이이니 잘할 거다. 자기도 생각이 있으니 곽 대표님과 단둘이 가겠다고 한 거고."

"홀로서기를 할 때가 되기는 했지."

이춘상이 어깨를 으쓱거렸다.

어리다면 어린 나이지만 강호는 냉혹한 세계였다.

나이가 어리다고 봐주거나 이해해 주지 않았다.

그 말은 백현승이 혼자서 모든 걸 해 나가야 한다는 뜻이었다.

"다른 사람이 도와주는 데에는 한계가 있으니까."

"사실 네가 여기에 와 있는 것만으로도 엄청난 도움을 받고 있는 거지. 누가 네 눈치를 안 보겠어?"

"그건 너도 마찬가지 아닌가?"

"크흐흐흐!"

이춘상이 푼수같이 웃었다.

유하성에 가려져서 그렇지 그도 어디 가서 꿀리는 사람은 아니었다.

똑똑똑.

"사부님!"

"들어오너라."

그런데 그때 익숙한 기척과 함께 이소향의 목소리가 들렸다.

정중하게 문을 두드린 후 머리를 쏙 들이밀었던 것이다.

"손님이 왔어요. 꽤 많이 왔는데 현승 오빠와 대표두님을 찾아요."

"손님?"

"네. 근데 다 일행은 아니에요. 서로 아는 사이인 것 같지만요."

유하성과 이춘상이 서로를 바라봤다.

하지만 답은 정해져 있었다.

그렇기에 유하성은 자리에서 일어났다.

백현승과 곽두일이 없으니 그가 나서는 게 맞았기에 곧장 정문으로 향했다.

"아, 안녕하십니까!"

"오랜만에 뵙습니다, 대협!"

"그간 강녕하셨는지요!"

"너희들은⋯⋯."

다음 권으로 이어집니다

武當霸王
무당
패왕